精靈的耳語

鄭淑麗◎著
李月玲◎圖

寫在故事之前……

老家經營藝品店，店外招牌上寫著「雨林」。曾有同學疑惑地問，妳們家很喜歡森林嗎，不然為何叫做「雨林」？

從小在地上鋪著水泥和柏油的環境中長大，森林對我而言，有著難以形容的誘惑力，卻又隱隱覺得危險莫名。

搜尋腦海裡的森林印象，有蛙鳴鳥啼和彩蝶飛舞，也有蚊蟲肆虐與毒蛇野獸；有令人期待的神仙精靈，彷彿也藏著讓人驚駭的山妖魔怪；除了繁花盛開的生意盎然，也有幽黯深邃讓人不知身在何處的濃蔭蔽天。

長大後，我終於有機會走進年歲悠遠的巨木森林裡，來到有如電影「魔戒」中的奇幻場景，深入盤根錯節杳無人跡的林蔭深處，見識到千姿百態的樹形樹狀，感受到四下靜謐卻又生機潛伏的奧妙生態。晨風夕露傳遞了點點滴滴的訊息，悄然鑽進了腦海中，默默地搭蓋起《精靈的耳語》的背景。

故事中藉由小女孩宛晶，莽撞又奇特的冒險遭遇，挖掘出封藏在山野林間的陳年往事。而這段往事，也是段犧牲與祝福的動人故事。

三十多年後，故鄉名為「雨林」的老店熄燈歇業了。關於店名的謎題，毫不深奧，只是因為爸爸的名字有個「霖」字，上下拆開為「雨林」。而「雨林」的女兒長大了，經歷了一趟森林旅程，減少了對森林莫名的恐懼，卻因為了解和接觸，增加了更多的情感和珍惜。慢吞吞地完成這本書，希望讀者們喜歡，也能找個機會走進森林裡，享受上天的美好賜予。

感謝國家文藝基金會贊助本書的創作。也謝謝九歌出版社的工作人員，尤其是總編輯素芳和編輯欣純，以及繪製插畫的月玲。最後，要感謝始終支持我的家人和好友。感恩這一切。

鄭淑麗 於二〇一二年四月

目錄

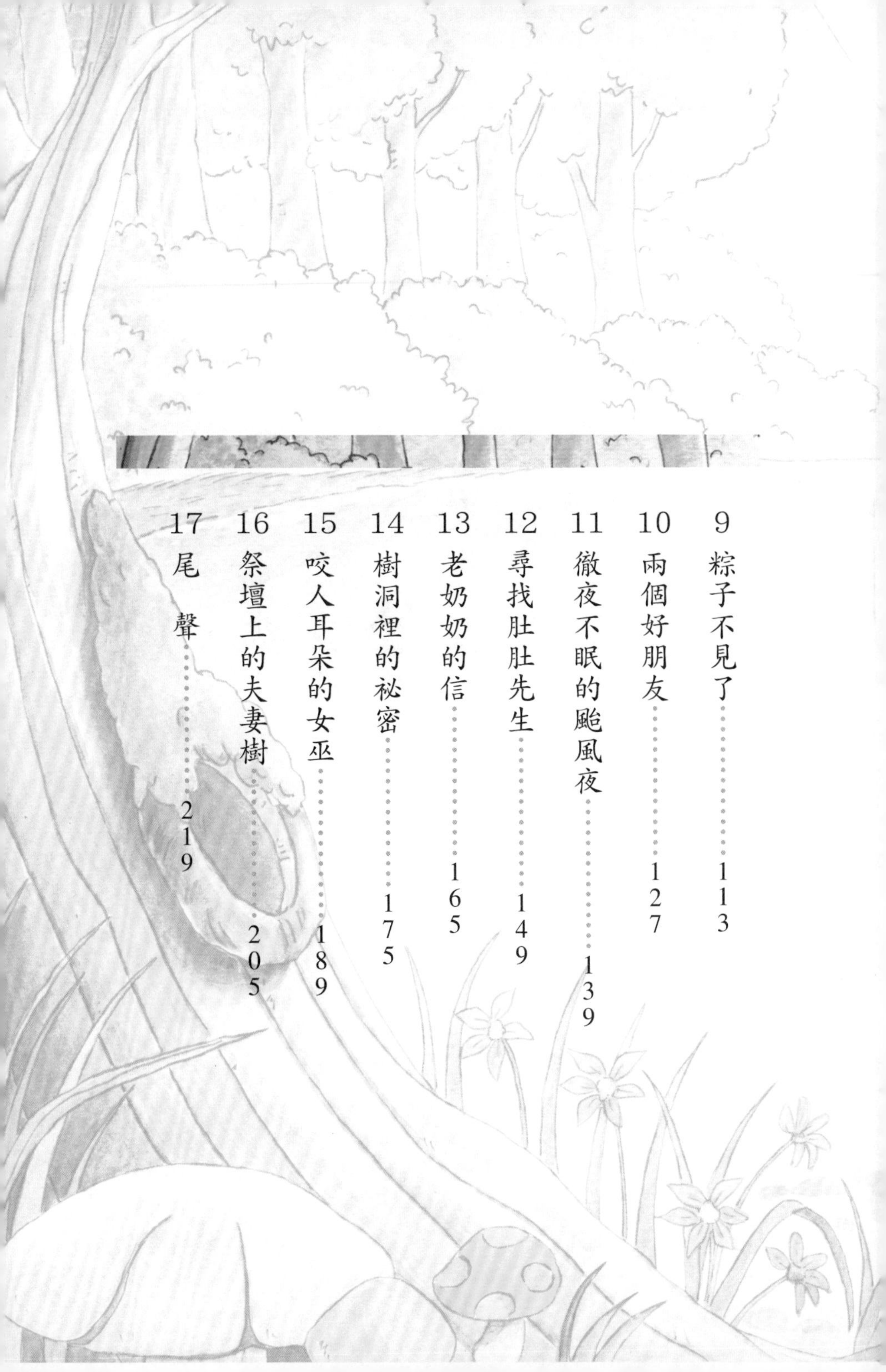

1 耳朵癢的小猴子

「ㄎㄤ，ㄎㄥ，ㄎㄥ……」老得算不出年紀的老爺鐘，晃晃盪盪擺了三下，低沉渾厚的回聲，敲醒了宛晶正在打瞌睡的小腦袋。

「咦？」縮在美容椅裡的徐宛晶，睡到分不清白天還是晚上。她從鏡子裡瞄了媽媽一眼，媽媽還在幫王媽媽弄頭髮，沒注意她。宛晶趕緊坐正，擦乾嘴角的口水，把滑落到大腿上的國語課本撿起來，一轉身卻看到肚肚也趴在椅腳旁邊打瞌睡。

肚肚是一隻胖嘟嘟的小狗。幾年前一個多霧的夜晚，肚肚東聞聞西嗅嗅，一路晃到了宛晶家門口。當時的牠看起來髒兮兮的，但是卻胖得很醒目，走路時肚子幾乎拖在地上，因此宛晶鬧著喊牠「大肚肚」。

那時候，宛晶家正在開「義大利餐館」。客人吃不完的食物，最後全成了大肚肚的「盤中飧」。於是，「大肚肚」賴在他們家的時間愈來愈長，結果就落腳下來了。宛晶的哥哥恆竟嫌「大肚肚」叫起來太麻煩，「大肚肚」就變成「肚肚」了。

肚肚雖然圓滾滾地很有喜感，卻是隻非常聰明的小狗，爸爸都說牠「大智若愚」（因為牠懂得欣賞媽媽的義大利麵，所以才能留在他們家）。牠最擅長的就是察言觀色。就像現在，牠知道媽媽心情不好，寧可縮在角落打瞌睡，絕對不會靠近媽媽身邊去「誤觸地雷」。

「什麼老爺鐘？明明是ㄉㄤ，ㄉㄤ，ㄉㄤ，它偏要是ㄎㄤ，ㄎㄥ，ㄎㄥ……。」媽媽沒好氣地說。

聽到媽媽充滿火藥味的抱怨，宛晶心想：「爸爸和媽媽吵架還沒和好啊？」

宛晶偷瞄鏡子裡的王媽媽，大著肚子的她，坐在宛晶隔壁又隔壁的那張美容椅上。剛解開髮捲的頭髮，看起來比剛炸好的麻花捲還要捲，還飄出一股摻著燙髮藥水的焦味。

「糟了！」宛晶在心裡驚呼。可是王媽媽看到自己在鏡子裡的模樣，卻露出笑容說：「捲度剛好啊！」

「王媽媽也在打瞌睡嗎？還是頭髮被燙焦、人也變傻了？」宛晶想。

王媽媽是宛晶的同學外號「吹牛王」王勝林的媽媽，住在棲雲村的「別墅區」。王勝林的爸爸在大都市裡蓋房子，賺了很多錢，有空才會回來。為了陪伴年邁的爺爺和奶奶，王勝林和媽媽才留在棲雲山上。

宛晶實在不太喜歡王媽媽。每次媽媽和爸爸吵架過後，王媽媽就會來家裡洗頭髮，探聽八卦消息。哥哥說，大人的世界沒有所謂的「祕密」，告訴王媽媽就等於告訴全世界。但是，媽媽偏要把自己的傷心事一股腦地說給王媽媽聽。哥哥說，他敢保證，整個棲雲村的人一定都知道宛晶家的大小事，搞不好連肚肚拉肚子，王媽媽也會去告訴大家。因為人煙稀少又封閉的棲雲村，真的沒什麼新鮮事。宛晶是個自尊心很強的孩子，想到同學可能在背後竊竊私語，就覺得很難為情。

想到「竊竊私語」，宛晶腦海中突然冒出一首怪歌的旋律。

迷迷糊糊間　聽到遠處傳來美妙的樂聲
驚醒沉睡中的我

說些什麼呢？　怎麼聽也聽不清
聽說那是精靈的耳語

有祕密請輕聲說
因為隔壁有隻小耳朵　正貼
著牆兒細細聽

教她唱這首歌的老爺爺說，以前伐木工人住的都是臨時工寮，樹砍到哪裡，林班也跟著移動到哪裡，工寮就跟著蓋到哪裡，就像森林裡的「游牧民族」。克難的工寮用木板搭蓋起來，家家戶戶聲息

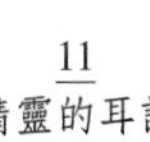

相通，連睡覺打鼾的聲音都是此起彼落、相互唱和。那是個「隔牆有耳」的年代，沒有祕密生存的空間。

宛晶認為，就算是現在，住在棲雲村，還是沒有祕密可言。每次爸媽吵架後的那幾天，鄰居的眼光總是繞著他們家周圍轉，對她和哥哥也特別關心。

媽媽是個急性子，想到什麼就得馬上去做。她說，即使心不甘情不願來到這個偏僻的小村落，她也要想辦法活得「多采多姿」。

舉例來說，媽媽有次回台北去開同學會，看到小學同學開了個浪漫的義大利餐館，一回來就開始研究食譜，嘗試做了幾道「有創意」的料理，再把一樓客廳稍微布置，「充滿媽媽味道」（這是媽媽非常強調的重點）的義大利餐館就開張了。

剛開始，還有一些對「義大利菜」好奇的鄰居光顧。幾個禮拜過後，只剩下爸爸、恆竟、宛晶和肚肚是逃不掉的死忠食客，其餘的鄰居在吃飯時間，總會避免經過餐館門前，以免沒進來捧場會覺得尷尬。

媽媽並沒有因此灰心，收掉義大利餐館後，陸續又開過咖啡店、服飾店，而目前正在經營的是「美容院」。不管徐家大廳再怎麼改頭換面，總之老闆娘都是同一個。

恆竟常會納悶地問：「這些鄰居又不是不知道媽媽的底細，還一直來光顧，真是奇怪啊！」

宛晶想，這些鄰居應該是看在爸爸的面子上才來捧場的吧！看著鏡子裡自己焦黃的捲髮，再看看腳下的肚肚，白色的捲毛卻染了三四種不同的顏色，她只能無奈地嘆口氣。自己和肚肚都是媽媽用來實驗的白老鼠，再忠誠不過了。哥哥最狡猾，每次都找藉口溜走。當乖孩子的「下場」是什麼呢？結局一律上演「隔天裝病、哭哭啼啼不敢出門上學」的慘劇。

今天中午才剛吃過飯，王媽媽就來了，現在已經接近晚餐時間，王媽媽的頭髮大概燙得快燒焦了。宛晶很納悶，為什麼王媽媽老是挑

媽媽心情不好的時候來弄頭髮？難道她不怕被生氣的老闆娘一怒之下剪到耳朵嗎？

就在她滿腦子怪主意如同爆米花一顆顆迸出來活蹦亂跳時，「唐安妮……」這三個關鍵字，突然從王媽媽的嘴裡溜出來，直接鑽進她的耳朵裡。

宛晶低著頭，假裝在看書，實際上卻是拉長耳朵仔細聽。「那天晚上，我看到妳老公……」王媽媽壓低聲音跟媽媽交頭接耳，宛晶愈是想聽個清楚，身體愈往王媽媽的方向傾斜，沒想到耳朵卻在這時候癢了起來。

從小，她的耳朵就很容易癢個不停。同學胡小威告訴她，「耳朵癢，表示有人在想你。」偶而，宛晶也會對那個不知在哪裡想念她的人感到好奇。

每當她忙著挖耳朵時，哥哥就會笑她：「妳是神經過敏，才會耳朵癢！」雖然她會生氣，但是認真想想，哥哥說的也沒錯，尤其在慌張的時候，耳朵特別容易癢。而且，她常常會聽見奇怪的聲音。爸爸告訴她，那是森林中的精靈在唱歌，有些人聽得見，不過大部分的人都聽不見。

正當宛晶對著鏡子掏耳朵時，剛好在鏡中被媽媽嚴厲的眼神逮個正著。

「一個女孩子整天像隻猴子似地抓來抓去，難看死了！功課作完了嗎？」媽媽的口氣好凶哪。

「嗯嗯嗯……」宛晶猛點頭。

「那就去幫我買蛋回來！」媽媽拿起吹風機，「ㄏㄨㄥ，ㄏㄨㄥ，ㄏㄨㄥ」地吹著王媽媽的頭髮，一邊支開正在當包打聽的宛晶。

晚餐又是蛋炒飯吧？爸媽吵架過後，蛋炒飯總是贏得飯桌上「最踴躍出席的菜色」冠軍。所以她只要看到蛋炒飯，就知道爸媽的戰火

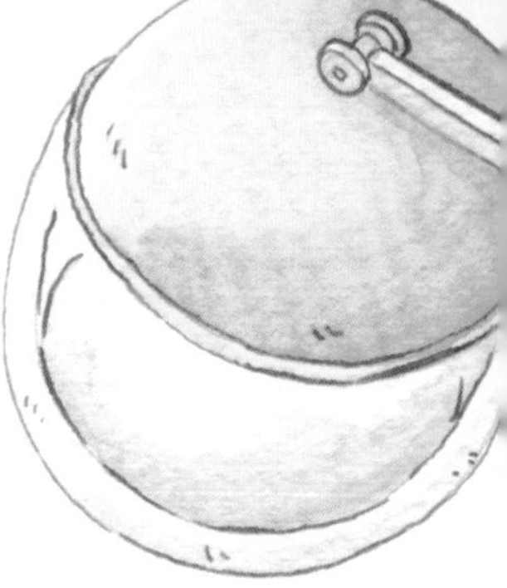

還沒停歇。

　　她繞過媽媽，走到收銀台前一按，「ㄎㄨㄤ ㄉㄤ」兩聲，抽屜跳出來，她用手指夾出一張紙鈔，然後一溜煙地跑出去。原本在一旁打盹的肚肚，不知道什麼時候醒了，也搖晃著尾巴慢吞吞地跟了出來。

　　宛晶撿起地上的枯枝，拿在手上邊走邊玩。初秋的下午，山上已經起了濃霧。隔壁幾戶人家，已經在騎樓下點起一盞盞昏黃的小燈。

村子位在深山裡，中午過後就會起霧，在林間小徑走上一會，頭髮就會沾上霧滴，顯得有些濕潤，像淋過一場毛毛細雨似地。

當初，媽媽很不願意搬回棲雲村。她說，爸爸是為了「唐安妮的媽媽」才執意要搬回來。爸爸和唐安妮的媽媽是從小一起長大的小學同學。唐安妮的爸爸意外過世了，唐媽媽想要遠離傷心地，請調回故鄉教書，爸爸也因此跟著回來當巡山員。

宛晶問哥哥，「事實真的是這樣嗎？」

哥哥說，的確是唐安妮和汪老師先搬回棲雲村，他們家比較晚搬來，時間上是符合的，但是其餘的推論，就純屬猜測了，因為爸爸根本就否認媽媽的說法啊！

可是媽媽又說，女人的直覺往往都很準的。

說到唐安妮，宛晶忍不住嘆了一口氣。唐安妮的媽媽汪行雲是哥哥班上的級任老師，而唐安妮是宛晶的同班同學，既是班長又是模範生，除了畫圖成績輸給宛晶，跑步輸給王勝林，其他如學業、演講、書法成績都是第一名。

宛晶不是很喜歡唐安妮。這麼說好像顯得宛晶很小心眼，應該說，她對唐安妮「敬而遠之」，很少跟她打交道。班上同學很喜歡拿宛晶跟唐安妮比較（班上也沒幾個同學，總共是十三個人，女生才六個），她們兩個是班上最多男生喜歡的女生，有些男生說宛晶很會畫圖、臉上有酒窩，笑起來很可愛；有些男生則說，唐安妮很有才華、每次考試都是第一名，看起來很有氣質。

她很不喜歡跟別人比較，更何況她覺得自己沒有什麼能夠贏過唐安妮，除了畫圖。但是媽媽就很愛拿唐安妮跟她比，比方說身高、體重，甚至是胸部發育的狀況（這些都是喜歡嘰嘰喳喳的王媽媽提醒媽媽比較的重點），真是令人臉紅啊！

爸爸真的喜歡唐安妮的媽媽嗎？記得四年級期末大掃除時，班上同學還在堆放雜物的倉庫裡，發現有張斷了腳的桌子，桌面上還用刀片刻著「徐世群愛汪行雲」，那個「愛」字還是用心型的圖案畫的。

宛晶一直把這件事情藏在心裡，不敢告訴任何人。媽媽經常抱怨，爸爸一講起小時候的事情，就眉飛色舞非常開心。他最常講，他很感謝兩個人，一個是小學時給他獎學金的杜老師；另一個就是汪老師，也就是唐安妮的媽媽。唸小學時，汪老師坐在爸爸隔壁，中午吃便當時，她都會找藉口（例如說，不喜歡吃雞腿；或者是說，吃魚會過敏之類的。）把飯菜分給爸爸，讓爸爸有機會吃些有營養的東西。

說起來，汪老師應該算是徐家的恩人呢！然而媽媽卻說，童年的回憶總是最美好的，因此認定爸爸和汪老師的舊情會「死灰復燃」。

會這樣嗎？宛晶憂慮地問哥哥。哥哥聳聳肩說，大人的世界很複雜，他也不懂。

汪老師很關心哥哥，選他當模範生，還會送他鉛筆橡皮擦。媽媽認為她在討好哥哥，所以很不高興。爸爸不喜歡媽媽的小心眼，導致兩個人經常鬥嘴。

唉！宛晶走著走著又嘆了口氣。

「喂！邊走邊發呆啊！」宛晶嚇了一跳。茫茫白霧之中出現的，是背著書包剛放學的哥哥恆竟。他用手指著宛晶的額頭，讓她從胡思亂想中驚醒。

宛晶嘟著嘴，揮開哥哥的手。跟哥哥一起回家的同學，在一旁竊笑著。

「哼，討厭的男生！」宛晶知道，他們在笑她是「凡士林」。原本，她應該被叫做「凡事名」，意思是「什麼東西都要寫上名字」，後來被哥哥改成「凡士林」。

不過「凡士林」還是比「洗碗精」好。以前同學都笑她「洗碗精，洗碗精……」，「徐宛晶」聽起來就像「洗碗精」，而哥哥徐恆竟剛好叫做「洗乾淨」。那時候媽媽正好在開餐館，兄妹倆每天都要幫忙洗碗，「洗碗精」和「洗乾淨」真是名符其實，但是發生「黃色雨衣事件」後，她就被改名叫做「凡士林」了。

「妳要去哪裡？」恆竟蹲下來，抓著肚肚玩。宛晶邊走邊發呆，幾乎都忘了肚肚一直忠心耿耿地跟在身邊了。

「哼，不告訴你！」宛晶別過臉去，哼了一聲，心裡卻想，「對了，我要去哪裡呢？」直到她摸到口袋裡的紙鈔時，才想到自己要去買雞蛋。

宛晶一發呆就會忘東忘西。媽媽說她心不在焉，為了降低她掉東西的機率，就把她的東西全都寫上名字。讓宛晶一舉成名的，就是那件用七彩色筆寫滿名字的黃色雨衣。媽媽還說，她知道宛晶喜歡花花綠綠的，還特地換了好幾種顏色的色筆來寫名字呢！

穿上雨衣那天，是颱風來襲前夕，下起了傾盆大雨，許多男同學自動排成一列，跟在宛晶身後，一邊踩著雨水，一邊唱著雨衣上寫的字：「四年八班徐宛晶，撿到請歸還……四年八班徐宛晶，撿到請歸還……。」嘻笑的歌聲就這麼此起彼落，一路接力唱到宛晶家門口。

她還聽到背後有同學竊竊私語：「也許她連穿在身上的褲子都會掉喔，搞不好她的內褲也有寫名字！」

哥哥恆竟覺得丟臉極了，一路跟她保持距離，宛晶流著眼淚，故作堅強地走回家。還好那天雨勢很大，沒人分得清掛在她臉上的究竟是雨水還是淚水。回家之後，她大哭了好幾回，堅持要丟掉那件黃色雨衣。這件事也讓爸媽冷戰了好幾天。如果說，有什麼東西是宛晶絕對不會掉的，一定就是那件黃色雨衣。因為她寧可被大雨淋到生病死掉，也不願再穿上那件雨衣零點一秒鐘。

哥哥常常取笑她，如果她的腦袋瓜沒黏在脖子上，或許早就丟掉了，還叫她以後記得多生幾個小孩，以免一下子掉光光。

宛晶很想反駁，不過自己的確掉太多東西啦！東西一到她手上，就像長了腳，一轉眼就不見了。媽媽說，宛晶的健忘和粗心大意都是遺傳爸爸的。家裡常有些東西不翼而飛，追究起來，都是爸爸帶出去忘了帶回家的。

唉，話說回來，如果說生命中有哪些事情是讓宛晶難以忘懷的？那次穿上黃色雨衣一路走回家的經驗肯定就是。還有，在蘑菇森林遇見老爺爺的那天，也讓宛晶印象深刻。

2

迷霧中的森林

宛晶一家人就住在棲雲山上，被一大片森林包圍著。雖然是山腰上的偏僻村莊，但是也住了一、兩百戶人家，還有學校、市場和診所。

棲雲山裡有非常珍貴的木材，是做家具的好材料。在宛晶的爺爺，甚至是更久之前的年代，這裡的伐木業非常興盛，為了將這些木材運下山，村裡面還有火車和車站。火車每天在村子裡來來回回跑個好幾趟，吵得老師在課堂上說些什麼都聽不太清楚，孩子們也沒辦法專心上課。

那時候的孩子不必唸很多書，畢業以後可以當個伐木工或者運輸工，留在村子裡不怕找不到工作，不需要下山到大都市裡去討生活。

到了宛晶爸爸這一代，火車早就不跑了，車站也已經荒廢，年輕人必須到外地去才找得到工作。宛晶只能到爸爸上班的林場工作站附近，才能看到過去林業興盛時的遺跡，例如荒廢的戲院（現在已經變得像「鬼屋」）、存放炸藥的倉庫（炸藥是為了炸掉擋路的大石塊），以及收工後大家一起去洗澡的澡堂（太久沒人使用，都已經長出烏黑的霉斑了）。

村裡的房子，大都是整排連著搭蓋起來的木造建築，宛晶家也是其中之一，他們住的是早期的教師宿舍。現在的教師宿舍是用鋼筋水泥建的，外表看起來嶄新又堅固，同學們都說那裡是「高級住宅區」，唐安妮的家就在那裡。也有像王勝林他們家附近的「別墅區」，是有錢人上山度假時住的。

在爺爺的爺爺那個更古老的年代，就是棲雲山還沒設置林場之前，棲雲村曾是原住民的祖墳所在地，後來為了開發森林，就把一座座祖墳往深山裡遷移。爸爸說，他們小時候最喜歡在停電的夜晚，點著蠟燭說鬼故事，那可真有氣氛哪！

不過，棲雲山的森林經過大量砍伐之後，樹木愈來愈少，每天在鐵軌上來回奔跑的火車，班次也逐漸減少。後來，發生了火車爆炸事件，引發森林大火，連續燒了幾天幾夜。大火雖然被撲滅了，但是原

本熱鬧的村莊卻元氣大傷，林場廢置之後，棲雲村也就此沒落了。

當宛晶出生時，棲雲村的人口已經剩下不到當年的五分之一了。然而圍繞著棲雲山的傳說故事，還是大人們茶餘飯後津津樂道的話題。

比方說，運木材的火車發生爆炸，是因為森林裡的樹靈作祟，為了拯救同伴不再無止盡地被濫伐，因此引來天火燒毀火車和鐵軌，讓木材再也運不出去。還有，深山裡有個披著斗篷的女巫，會在濃霧之中突然出現，有時還會一口咬掉人的耳朵或鼻子；另外還有，深山裡有座祭壇，周圍長滿七彩蘑菇。一到晚上，蘑菇會變成造型怪異的人，不僅會說話，還會唱歌跳舞。

還有還有……，棲雲山的傳說太多了，聽得孩子們目瞪口呆，彷彿走進森林裡，就像打開魔幻故事裡的神奇寶盒，會有一大堆精靈從林子裡飛出來。「這是真的嗎？」宛晶常常問哥哥，「有誰被女巫咬過耳朵或鼻子啊？」或者是「會說話的蘑菇長什麼樣子呢？」

宛晶曾在三年級的圖畫課，畫過傳說中的祭壇、七彩蘑菇，以及兩個還沒變回正常蘑菇的「蘑菇人」站在祭壇門口當守衛，沒想到卻嚇壞了快退休的美術老師。趁著來家裡洗頭時，老師要媽媽好好注意宛晶的言行，怕她走火入魔了。

十歲那年，宛晶鼓起勇氣，一個人背起畫板往深山裡走去。奇形怪狀的樹幹被綠色的苔蘚層層裹住，就像個三頭六臂的大巨人，穿上了毛茸茸的綠色毛衣，在森林裡張牙舞爪。雖然才剛吃過中飯，陽光卻被茂密的樹葉和濃霧遮蔽，林蔭深處顯得潮濕又陰暗。突然間，她看到濃霧之中有團巨大的黑影緩緩向她靠近。

那是什麼？是大黑熊嗎？還是傳說中的森林鬼魅？宛晶被嚇壞了，連滾帶爬地逃之夭夭。直到現在，她還是滿心疑惑，那團黑影到底是什麼？

這個村子藏了很多事情讓人想不透。例如，深山裡的老爺爺就是個超級大謎題。初次見到老爺爺時，他唱了首「沒有腳的奔跑」……

奔跑　奔跑　奔跑　有人緊追不捨
奔跑　奔跑　奔跑　我　頭也不回用力往前跑
唉喔　我跌了一跤　趴在地上動不了
低頭一看　原來　我根本沒有腳可以奔跑

「沒有腳怎麼會奔跑呢？」宛晶覺得很奇怪。

「那是一種很強烈的嚮往。」老爺爺說，自己年輕時是個伐木工。伐木工是個危險的工作。砍樹時，如果誤判樹木倒下的方向，就會被大樹壓死。運氣好一點的人，被壓斷雙腿後還可以活下來，但是經常會出現幻覺，會感覺到「痛」、感覺到「癢」，誤以為自己的腳還在，但是伸手想抓癢時，卻找不到腳。

後來爸爸告訴她，這個現象叫做「幻肢」，很多失去四肢的人都曾有這樣的經歷。

宛晶想，因為伐木的意外，導致村子裡很多人因此喪生或者失去手腳，甚至產生「幻肢」；而且，森林裡還流傳著咬人耳朵的森林女巫和手舞足蹈的蘑菇人傳說。這一切聽起來是多麼匪夷所思啊！

剛開始，宛晶會覺得棲雲村有些詭異也有點恐怖，後來當她經歷更多事情，逐漸了解這個神祕的小村莊時，她也變得跟爸爸一樣，整顆心都被黏在這裡，再也無法離開了。

3

「來自希臘的銀髮芭比」

飯糰奶奶姓杜，是棲雲國小退休的老師，住在早期蓋的教師宿舍，大家都叫她「杜老師」。頭髮已經花白的她，偶而會做些飯糰拿到學校去給孩子們吃。因此，有些低年級的學生也叫她「飯糰奶奶」。

老奶奶從小就跟著教書的爸爸來到棲雲村。父親過世後，老奶奶始終獨居，偶而會有學生來探望她。據說她曾經訂過婚，還沒來得及結婚，未婚夫就因為火車爆炸的意外過世了。

老奶奶的宿舍和宛晶家剛好呈L型垂直連接（老奶奶常說，他們是「尾巴」相連的鄰居）。宛晶推開二樓儲藏室的小窗戶往下看，就可以看到奶奶家的廚房和臥室。

村子裡的老人家都說，奶奶年輕時，可是個遠近馳名的大美人。現在，老奶奶年紀大了，臉上也有了皺紋，然而一雙黑白分明的大眼睛，看起來仍有孩子般的明朗純真；嘴唇兩端微微往上翹，笑起來像一輪上弦月，感覺和藹可親。她總是穿件小外套搭配花布長裙，花白的頭髮，燙得捲捲的，然後在腦後紮了根長辮子。

老奶奶喜歡自己花白的頭髮，無論宛晶的媽媽怎麼勸說，她都堅持不染。宛晶看著頭髮捲捲的飯糰奶奶，常覺得她像個有皺紋的「銀髮芭比」娃娃。

不過，奶奶的記性非常不好，經常找不到東西。比方說，她總是找不到自己的老花眼鏡。可是宛晶卻常發現，眼鏡其實就掛在老奶奶的鼻樑上。其他還有鑰匙、針線、拖鞋等等，因此她常看到老奶奶老是昏頭轉向地在找東西。

老奶奶告訴宛晶，每個人身邊都跟了個守護靈，守護靈有時會頑皮搗蛋，故意把小東西藏起來。不過媽媽卻懷疑，這是「老年痴呆症」的前兆，擔心不久之後，老奶奶可能會把很多事情忘光光。

老奶奶雖然迷糊，卻像個磁鐵，有種吸引人的神奇魔力，連肚肚都喜歡黏著老奶奶，牠最愛吃老奶奶做的肉鬆飯糰；而宛晶或者哥哥恆竟被媽媽責罵的時候，也會躲到老奶奶家避難。

有一天，宛晶意外發現了老奶奶的祕密。

以前，她偶而會聽到奇怪的聲音，像是半夜有人在唱歌，卻又不知道那聲音是從哪裡來的？哥哥常笑她有「妄想症」。有天半夜，她又聽到怪聲音。不知哪來的勇氣，她走進儲藏室，推開窗戶，看到有個黑影急急地從她眼前晃過去。

她嚇得尖叫，驚醒了哥哥和爸媽。爸爸從樓下衝上來，了解狀況後，安慰她說，可能是窗外的樹影晃動，還叮嚀她別去告訴老奶奶，以免奶奶受驚嚇。

宛晶覺得很納悶，那團黑影是個人形，不是樹影晃動，而且黑影消失後，奇怪的聲音也不見了，可是她嚇得不敢再辯駁。

事後她去問哥哥。哥哥想了想說：「或許是小偷吧！」

「哪有小偷偷東西時，還故意發出聲音的呢？而且，我聽到不只一次耶！」宛晶不同意哥哥的判斷，忍不住提出質疑。

哥哥聳聳肩說：「那我就不知道了。」

隨著時間流逝，宛晶也逐漸淡忘了這件事情。

前年暑假的某一天，班上同學胡小威說半夜會有流星雨，只要對著流星許願，夢想就會實現。那個晚上，她興奮得睡不著，撐到半夜偷偷起床，溜到儲藏室，輕輕推開窗戶等著

流星雨出現，沒想到卻看到老奶奶坐在燈下打毛線，還一邊哼著歌。

難道，夜半的怪聲音就是從老奶奶那兒傳來的嗎？那天晚上，她等流星雨等到睡著了，心願也沒許成，卻發覺老奶奶徹夜不眠的祕密。後來有幾次，她半夜起床上廁所時，跑去儲藏室推開窗戶偷看，都看到老奶奶坐在燈下，有時候打毛線，有時候看書，有時燈亮著、人卻不在房間裡。

不過老奶奶的祕密，似乎不只宛晶知道。來洗頭的婆婆媽媽，偶而會聊到老奶奶的古怪行徑。唉，棲雲村實在太平靜了，任何芝麻蒜皮的小事，都可能被當成無比重要的話題。有鄰居說，曾經看到老奶奶半夜在林子裡晃來晃去，因為老奶奶花白的長辮子很醒目，就算從遠處看也很容易辨認。還有人說，她是在想念死去的未婚夫，因此常常睡不著。

有一次，宛晶終於忍不住問了：「奶奶，妳晚上都不睡覺嗎？」

奶奶愣了一下，笑說：「因為奶奶有時差。」

「時差？」宛晶聽老師說過，處於不同的地區，會有時間的差異。就像現在是早上六點，某些國家可能是晚上六點。

「可是我們都住在同一個村子裡，為什麼有時差呢？」

「在這裡。」老奶奶指著自己的腦袋說：「我的時差在這裡。晚了村子裡的人六個小時啊。」

六個小時？宛晶去學校的圖書館查了資料，比台灣慢六個小時的國家很多，有希臘、瑞典、挪威、約旦、以色列等等。

對宛晶來說，這些相差六小時的國家，都遠在地球那一端，實在遙不可及。

後來再有人聊到老奶奶徹夜不眠的事情，宛晶就會插嘴說：「因為老奶奶是希臘人，所以有時差啊！」

「啊？妳在說什麼？」大人們通常會這麼反應。還好他們只是喜歡東家長西家短，並不是真心想要瞭解什麼。

後來，當宛晶解開老奶奶不睡覺的祕密時，她才深刻體會到，原來爺爺奶奶們也有許多故事啊！他們也曾年輕過，並不是一生下來就是白髮蒼蒼的「銀髮芭比」啊！

4 結婚紀念日的晚餐

宛晶始終記得，那天是爸媽結婚十五周年紀念日。好幾個禮拜前，媽媽就說，要有個浪漫的慶祝儀式。要怎樣才算是浪漫？媽媽說，餐桌上要插著蠟燭，要有蕾絲桌巾，還要有用刀叉吃的食物。

什麼叫做用刀叉吃的食物呢？哥哥想了想說，應該是有高級牛排、龍蝦，還有法國來的田螺吧！宛晶皺著眉想，吃這麼豐盛的大餐，爸爸應該會破產吧！

那個下午，美容院很早就打烊了，媽媽在廚房裡忙東忙西，頭髮還上了捲子，用熱呼呼的毛巾包起來。宛晶和哥哥也待在廚房裡，一會兒幫忙看烤箱，一下子又要忙著攪拌玉米濃湯。

媽媽要宛晶幫忙削掉紅蘿蔔的皮。宛晶拿起紅蘿蔔，嘴裡卻唸唸有詞。

「連削皮都要祈禱啊？」恆竟用怪異的眼神看著她。

「不是啦！」宛晶小小聲地反駁：「那個……那個紅蘿蔔的頭發芽了，好像還在用力長大，我卻要吃掉它，只好跟它說，呃……對不起。」她有些難為情地說。

「哈哈，跟蘿蔔說對不起喔？對啊，妳畫的蘑菇都會變成人，跟紅蘿蔔說『對不起』，又有什麼稀奇？」哥哥絕不會放過任何可以取笑她的機會。

宛晶常把身邊的事物「擬人化」，老是覺得樹會跟她說話；讚美花兒，花兒會笑；踩到小草，小草會痛，即使連紅蘿蔔都會思考。她常跟爸爸抱怨說，紅蘿蔔真可憐，長得一根紅咚咚地真可愛，大家都說它營養豐富，但是許多小孩都不喜歡它。爸爸也喜歡大自然，很能了解宛晶的感受；而媽媽，早已習慣她天馬行空的想像力，也不再大驚小怪了。

於是媽媽說：「算了，換哥哥去削紅蘿蔔，妳去把櫃子裡的白色餐盤拿出來。」

宛晶踩上小板凳，拿出媽媽收藏在上層櫥櫃裡的白瓷餐具。

媽媽開過義大利餐館，煎煮炒炸的各式廚具和充滿異國風味的香料，樣樣不缺。媽媽烤了一隻雞和一個巧克力蛋糕。原本宛晶和哥哥對晚餐並不抱期待，不過隨著烤箱不斷飄出香草烤雞和巧克力蛋糕的香味，瓦斯爐上的玉米濃湯也發出「咕嚕嚕」的沸騰聲，兄妹倆也漸漸興奮起來。

「哇，我們要吃很高級的晚餐耶！」兩人從最初的意興闌珊，到後來愈來愈起勁。

嗅覺靈敏的肚肚，察覺到這頓晚餐在徐家是難得一見的盛宴，也拖著大肚肚擠在一旁湊熱鬧。

當媽媽解開頭上的毛巾，梳了蓬鬆漂亮的捲髮，穿上玫瑰花瓣圖案的紫色洋裝，從烤箱中端出熱騰騰的香草烤雞，放在粉紅色的蕾絲桌巾上時，宛晶和哥哥不約而同拍起手來。

冒著熱氣的烤雞泛著油滋滋的誘人光澤，但是浪漫晚餐的男主角——「爸爸」，卻還沒出現。

「電話打了沒？」媽媽問。穿上洋裝，梳著時髦髮型的媽媽，看起來真是漂亮！

上桌前宛晶早已飢腸轆轆，此刻卻覺得忐忑不安。她跟哥哥輪流打了一下午的電話到爸爸的工作站，卻都沒人接聽。

想著想著，宛晶的耳朵又癢了起來。媽媽老是說，女孩子東搔西抓的像隻小猴子，難看死了！她盡量忍住，不在媽媽面前挖耳朵，可是真的好癢啊！

宛晶的爸爸是個巡山員。每天的工作就是在森林裡巡視。例如說，看看是否有人盜砍樹木或是捕獵野獸，也要留意樹木有沒有生病等等。像王勝林家附近的別墅區，周圍的大樹陸續出現傾斜和枯死的現象，就讓爸爸很擔心，害怕大雨一來會造成山崩。

當巡山員並不如宛晶原本想像的輕鬆。爸爸遇過野獸攻擊，也曾被一大群虎頭蜂追著跑，還曾經誤觸獵人設下的陷阱而受傷。而且就算是颱風天，也要冒著風雨去巡山。

可是爸爸卻很喜歡這個工作。他曾經離開棲雲山到外地求學，也在都市裡工作過一段時間，因為抵擋不住「山林的呼喚」，所以回到棲雲山來當巡山員。爸爸說，繼承爺爺的巡山員工作，是他的夢想。

「山林的呼喚」是什麼呢？宛晶並不清楚。不過她確定，媽媽是聽不見的。媽媽想念的是她從小生長的都市，包括絢麗多彩的霓虹燈、五光十色的商店，還有玻璃櫥窗裡的漂亮衣服。當媽媽想念都市生活時，家裡就會開始「雞犬不寧」了。

哥哥說，爸爸和媽媽只聽見自己心底的聲音，卻聽不到對方的呼喚，結果就變成了「慘劇」。

媽媽對於爸爸寧可在森林裡逗留，也不願意陪伴家人感到非常生氣。「哼！連我快要生小孩時，都是老奶奶陪我去醫院，你們的爸爸還不知道在哪裡？」媽媽常常翻出這筆爸爸說什麼都無法彌補的陳年舊帳。

蠟燭燒了一半，爸爸還沒回來。宛晶很希望窗外突然刮來一陣大風，把餐桌上的蠟燭吹熄，好讓燭芯不再繼續往下燒。否則，這件事一定會成為爸爸缺席帳簿上的一筆爛帳。

冷風拚命從窗戶縫隙灌進來，害她忍不住打了個噴嚏，但是卻沒人起來把窗子關好。天氣冷，但是餐桌上的氣氛更冷，沒人開口說話。明明是要慶祝「結婚紀念日」，他們卻像被「處罰」，罰坐在擺滿美食的餐桌前，真是煎熬啊！原本興奮的肚肚也無精打采地趴在宛晶腳邊。

爸爸該不會去找唐安妮的媽媽吧？當這個念頭從宛晶腦裡竄出來時，她不禁打了個寒顫。

「那我們家可能會爆發世界大戰哩！」想到這裡，她在心裡拚命搖頭，然後默默祈禱著。森林裡的老爺爺曾告訴過她，「只要心存善念，虔誠祈禱，上天會幫助妳的。」宛晶的雙手在餐桌底下緊緊交握，拚命祈求著，「爸爸趕快回來吧！」

明明滅滅的燭火在媽媽臉上搖曳，製造出詭異的光影，像是預告了火山即將噴發的訊息。即使在昏暗的燭光下，也看得出原本冒著熱氣、香噴噴的烤雞，凝結出白霜狀的油脂。

宛晶突然發現，象徵浪漫的蠟燭竟是這麼討人厭的玩意。她的期待落空了，沒有什麼好心的風來把燭火吹熄，蠟燭就一直燃燒著，而媽媽就像顆隱忍未爆的炸彈，家裡的氣氛悶得讓人快窒息。

忽然，電話鈴響了。「耶！」她在心裡大聲歡呼，祈禱靈驗了！應該是爸爸打

電話回來吧？！

電話鈴一直響一直響，媽媽卻板著臉，一動也不動。哥哥也沒有起身接電話的意思，只是對她使眼色。兄妹倆眼神大鬥法，令人不安的電話鈴聲，響得沒完沒了，讓人如坐針氈，最後是宛晶投降了。

「喂……喔……喔……」接起電話，宛晶回應的聲音愈來愈小，小得幾乎連自己都聽不見了。

電話掛了，她無精打采地回到餐桌前坐好。

「他說什麼？」媽媽的聲音帶著炸彈即將引爆的訊息。

大人真奇

怪，明明很想知道，卻又不自己去接電話。宛晶故作鎮定地回答：

「爸爸說，他有事耽擱一下，要我們先吃飯。」

宛晶耍點小聰明，稍微幫爸爸隱瞞了一點點。不過她忘了，女人的直覺是很敏銳的。

「只有耽擱一下嗎？他人在哪裡？」媽媽問話咄咄逼人，讓宛晶認為做錯事的人是她。

「去……去……」她說得吞吞吐吐，明明是爸爸要她轉告媽媽，但是宛晶卻覺得，誠實講出來像在出賣爸爸。

「去哪裡？」媽媽不肯放鬆。

「唐安妮的媽媽……喔，是汪老師生病了，爸爸帶她到鎮上去看醫生。」

「砰！」媽媽重重地拍了一下餐桌，餐盤和刀叉都飛了起來，「ㄎㄧㄥ，ㄎㄧㄥ，ㄎㄧㄤ，ㄎㄧㄤ」掉到桌面下，把宛晶和恆竟嚇了一大跳。

媽媽氣呼呼地離開餐桌。恆竟馬上起身，「ㄏㄨ」一聲吹掉蠟燭，然後把大燈全都打開。他粗魯地撕下一塊雞胸肉丟給肚肚，接著扯下雞腿，大口地吃了起來。看著哥哥狼吞虎嚥的模樣，宛晶卻什麼也吃不下，有氣無力地回到房間去。

她應該是流著眼淚睡著的，因為醒來時鼻子塞得很難受。一陣「ㄆㄧㄥ，ㄆㄧㄥ，ㄆㄧㄤ，ㄆㄧㄤ」的聲音吵醒了她。她放輕腳步跑到樓梯口往下看，媽媽正激動地拿著刀叉對著爸爸揮舞。

宛晶看得目瞪口呆。鼻塞讓她頭昏腦脹，然而「唐安妮」、「汪行雲」、「離婚」幾個關鍵字，還是一個字一個字敲進她的腦袋瓜裡。在這麼深的夜裡，不知道有多少人正隔牆傾聽爸媽吵架？她想下樓去勸架，卻被不知道何時醒來的哥哥一把拉住。

「都是妳！」哥哥低聲責怪她，「幹嘛提到汪老師！」

「你那麼聰明，為什麼自己不去接電話？」宛晶委屈地說，淚水也撲簌簌流下。不停啜泣的她，被哥哥拉回房裡。

她躺在床上發呆。天花板上有個泛黃的水漬痕跡，形狀看起來像餐桌上的烤雞。明明是個「結婚十五週年的浪漫晚餐」，卻讓她有種悲慘的感覺。她常常很期待某件事情，結果卻都是不如預期。難道，這就叫做「樂極生悲」嗎？宛晶在床上翻來覆去，始終睡不著。不知道過了多久，爸媽的吵架聲愈來愈小，幾乎快聽不見了。身旁的哥哥似乎也睡著了，發出了均匀的呼吸聲。

她偷偷下樓查看，爸媽不見了，烤雞和巧克力蛋糕還擺在桌上，不過餐桌和地板卻是杯盤狼藉。

牆上的老爺鐘，指著三點半。爸媽的房門掩著，不知道他們是否都在房間裡。

她又爬回二樓，從房間窗戶往外看，爸爸的摩托車停在門外。外頭下起毛毛雨，風也變大了。門口的山櫻花，被狂風吹得像在發抖。

媽媽還在生氣嗎？他們一起待在房裡，會不會出什麼事呢？宛晶的小腦袋裡有各種想像。媽媽揮舞刀叉對著爸爸的那一幕，把她嚇壞了。想了半天後，她穿上外套，拿了件厚T恤，躡手躡腳跑到樓下，跪在冰冷的地板上，收拾掉落一地的刀叉，再用厚T恤包好。接著，就像即將慷慨赴義的勇士，拿起雨傘，毅然決然地走出家門。

原本蹲在門口睡覺的肚肚，不知何時醒了，默默地跟了上來。

5 女巫與蘑菇人

黑夜，為森林披上朦朧的面紗。濃霧，讓前方的路變得難以捉摸。大地沉睡，不過林子裡仍有很多生物正在活躍。宛晶聽得到那些聲音，或遠或近，都還清醒著。

她只想在不遠的地方找棵樹，在樹底下挖個洞，把刀叉埋進去就趕緊回家。等到爸媽和好，一切風平浪靜，她再來把刀叉拿回去。

從林道轉進樹林裡，雨勢似乎變小了，因為樹葉幫忙擋住了雨水，不過濕滑的泥地卻讓人寸步難行。圓呼呼的肚肚，老是在滑溜溜的泥地上摔跤，像顆不停翻筋斗的橄欖球。

雨水落在宛晶的臉上，弄濕了她的臉頰和頭髮，雨滴沿著髮絲流到胸口，讓她忍不住打了個哆嗦。

被雨水浸得又軟又爛的泥地，讓她一腳踩下，就深深陷入難以自拔，害她忍不住胡思亂想，地底下是不是躲著什麼怪物，想把她拉進地心裡。走著走著，腳底已經沾了一堆爛泥，讓她愈走愈沉重。

不經意回頭一瞥，她似乎看到有什麼東西躲在暗處？一閃一閃的，不像螢火蟲啊，難道會是野獸睜著眼睛虎視眈眈？宛晶嘴裡唸著「爸爸……媽媽……」一邊加快腳步跑了起來。

不料，前面是個崩落的土坡，她一腳踩了個空，整個人從斜坡上滾了下去，瞬間失去意識。過了一會，她悠悠醒來，發覺自己倒臥在草叢裡，全身酸痛得不得了。

甫一回神，宛晶想，還好現在是深夜，不會有人看見她狼狽的模樣。原本在上頭狂吠的肚肚，也跟著滾下來，跌落在她懷裡。被雨淋得濕透的肚肚，經過這麼一翻滾，身上沾滿爛泥和落葉。

「可憐的肚肚，簡直變成落湯狗啦！」她心疼地抱著肚肚，肚肚也舔著她的額頭。

「哎喲！」宛晶感覺有些痛，摸了一下額頭，發現手上有血跡，可能是跌落山坡時受的傷吧！

哥哥常笑說，在別人身上不會發生的倒楣事，偏偏就會發生在她身上。

都怪哥哥責備她，說她害爸媽吵架。宛晶覺得很愧疚，想盡力彌補自己的過錯。不過這世界上，很多人只是隨意找個代罪羔羊，並不是那個人真的做錯什麼事。可是宛晶只是個孩子，不懂這些，才會半夜出來藏刀叉。

說到刀叉，宛晶左右看看，摔落山坡後，刀叉不知掉到哪裡去了，連雨傘都不見蹤影。真糟糕，該怎麼跟媽媽解釋呢？

她抬頭往上看，這個陡坡高得難以想像，還好她跌落在草叢裡，不然可能會一命嗚呼。沒吃晚餐的她，已經餓得走不動，實在沒力氣往上爬了。

經過一整晚的驚嚇，她已經累到眼睛都睜不開。她靠著樹幹坐下來，頭頂上的大樹枝葉繁茂，就像大型的遮雨棚，讓她可以安心休息。宛晶很快就睡著了，還夢見爸爸到鎮上去幫全家人買禮物，所以才晚歸。媽媽的禮物是一條絲巾，哥哥得到一輛模型汽車，爸爸送她的是一盒水彩和寫生畫板。全家人圍在餐桌前，開心地吃著烤雞和蛋糕。

寤寐之間，宛晶彷彿聽到，肚肚「ㄨㄤˋ，ㄨㄤˋ，ㄨㄤˋ」地叫個不停，睜開眼睛一看，浪漫的燭光、香噴噴的烤雞、蛋糕和禮物瞬間全都消失了，眼前只有黑漆漆的森林。她半瞇著眼睛，依戀著夢中的溫暖和快樂，一點也不想醒來。

突然間，前方有個黑影晃過去，讓她有如觸電般猛然清醒。膽小的肚肚，馬上跳進宛晶懷裡，圓滾滾的身體不停地發抖。

「那是什麼？」她驚恐地看著黑影消失的地方，古老的傳說在腦海裡四處流竄，「那個是蘑菇人嗎？還是森林裡的女巫？」

她掙扎著想往反方向逃跑，沒想到肚肚卻往黑影的方向追過去。

「肚肚……」宛晶儘管害怕，卻又不放心丟下肚肚，只好鼓起勇氣跟上去。

肚肚完全不理會她的叫喚，一下子就不見蹤影。淋了一整夜的

雨，再加上入夜後，山裡面氣溫驟降，凍得她全身像根冰棒，只有不斷淌落臉頰的淚水是溫暖的。她急得不知該如何是好，只能像迷宮探險般地在森林裡亂走亂繞。

淡淡的晨曦穿越了樹葉縫隙，林子裡微微亮了，雨也變小了。即將破曉的森林，瀰漫著大地甦醒前的靜謐。偶而傳來幾聲蛙鳴鳥叫，雨滴逗留在翠綠色的葉片上，晨間的空氣聞起來清新濕潤。

疲累的宛晶有氣無力地走著。不料，眼前竟然出現了一面大湖。「哇，好漂亮啊！」她發出驚呼。白色雲霧從遠處緩緩飄過來，鳥兒成群結隊飛過樹梢，湖面上倒映著七色彩虹，落葉繽紛地飄盪在碧綠的湖面上。「一二三四五六七……」宛晶快快數著，這個畫面裡的顏色加起來應該超過一百種吧！老天爺真是最有耐心的畫家，讓大自然裡的景物都有各自分明的顏色。

透過迷濛的霧影，宛晶看到湖的那頭有個房子。她揉揉眼睛，納悶地想，誰住在那兒呢？

就在這時候，草叢裡發出窸窸窣窣的聲音。宛晶往後一瞥，竟然看到肚肚從草叢裡鑽出來。

「肚肚！」宛晶飛奔過去把肚肚摟在懷裡，高興得不得了。肚肚卻朝著湖的那頭猛吠。

那是什麼地方？宛晶納悶地注視著遠方。腦海中依稀有個印象，傳說中的「蘑菇祭壇」就位於湖畔。她左顧右盼，竟然找不到任何通往對岸的路。她望著碧綠的湖水發呆，突然間有了靈感。

湖畔周圍有延伸出來的枝椏，或粗或細，像是搭在湖面上的天然棧道。她想，只要手腳並用沿著枝幹攀爬，應該可以到達湖的另一端。

她把肚肚用外套綁著，背在身後，然後攀住樹枝一步一步跨過去。她沒預料到的是，枝幹形成的天然棧道，不僅高低之間有落差，有些間距還很大。而且有的枝幹被厚厚的青苔裹著，潮濕滑溜，不容易抓牢，害她好幾次失手跌到湖裡。幸好湖畔水淺，還能掙扎爬起

來，就這樣邊攀邊爬，還爬不到一半，她已經氣喘吁吁，手腳因為用力過度顫抖個不停。

哥哥取笑她的聲音又迴盪在耳邊。做事情容易衝動的宛晶，此時又自怨自艾起來。「如果剛剛決定回家，也許已經爬上坡了。爸爸媽媽應該已經和好了，全家人就可以聚在一起吃烤雞和巧克力蛋糕。」

不知道該難過還是應該慶幸呢，昨夜因為爸媽吵架而剩下的烤雞和蛋糕，在此時反而成為溫暖的象徵，呼喚著宛晶趕快回家。

但是「蘑菇祭壇」在晨霧中忽隱忽現，展現了神祕的吸引力。

「我該不會是看到海市蜃樓吧？」宛晶想起爸爸說過，在沙漠中迷路的旅人又餓又渴時，常會以為看到綠洲，想說那裡有水源，撐著最後一口氣趕過去，才發覺只是個幻影，結果就渴死在沙漠中。

但是，宛晶並不認為自己看到的是「海市蜃樓」。她有種「美化難題」的天賦，相信凡事都會朝著她所希望的方向前進。雖然現實中很多事情都未必如她所願，不過她依舊只喜歡往前，不願意後退。

就在她以為快要到達的時候，輕忽眼前是根腐朽的枯木，右手才一攀過去，樹枝就「ㄎㄚㄉㄚ」一聲折斷了。瞬間，她就像倒栽蔥似地掉進水裡，無論怎麼掙扎也踏不到底，還連著喝了好幾口水。

「糟了，我這次真的完蛋了！」她絕望地想，腦海中頓時浮現出爸媽和哥哥的影像。

她一難過，拚命掙扎，反而喝下更多的水。突然間，好像有東西撐住她的身體，讓她浮了起來。原來是肚肚！

原本被她背在身上的肚肚，從外套中掙脫出來，用圓滾滾的身體讓她當浮板，肥短的四肢奮力往前划。宛晶無力地趴在肚肚身上，在湖中載浮載沉，直到平安上岸後，整個人才鬆懈下來昏睡過去。

6 仙履鞋之夢

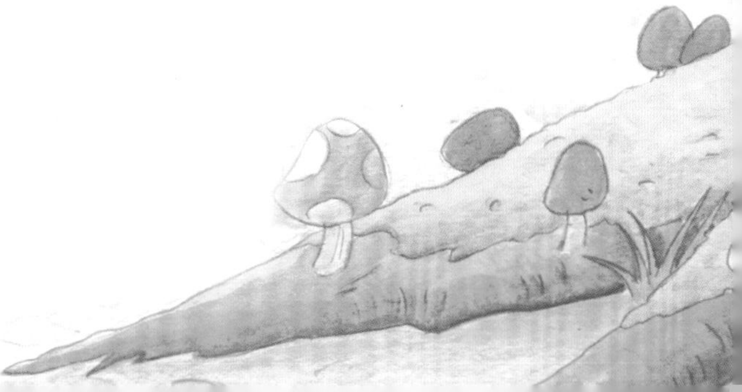

宛晶睡了很久很久。夢中她聽到了熟悉的歌聲，彷彿回到了小時候。當她醒來時，覺得全身酸痛，忘了自己身在何處。想起來之後，她立即起身張望，看到肚肚也躺在身邊才放下心來。

不過，當她回頭看著千辛萬苦終於抵達的「蘑菇祭壇」時，不禁愣住了。

或許是心中的幻想結合傳說故事投射出來的影像吧？破曉時，宛晶看到的小木屋，在霧影掩映下，像極了童話中的古老城堡。可是眼前的木屋陰暗破舊，不僅外觀斑駁，牆面上還覆蓋著厚厚的綠色苔蘚。

屋前的兩棵大樹就像站衛兵一樣，一左一右，護衛著腐朽的木屋，樹的頂端還傾斜靠攏，看起來像是並肩依偎的情侶，兩棵樹的枝幹也像綁麻花辮似地交纏在一起。

「真是相親相愛的樹啊！」宛晶用手輕輕撫摸樹身。樹幹上長著鮮豔的鵝黃色花朵，花瓣形狀有如一只小鞋。乍看之下，彷彿是小精靈們踩踏著樹身，輕盈曼妙地跳著舞。

「難道這就是『仙履鞋之夢』？」在棲雲山的故事裡，「仙履鞋之夢」只存在於傳說之中，很少人見過。有人說，看到了「仙履鞋之夢」，表示會發生不可思議的奇遇。

宛晶想，這些話可能說反了，應該是先發生「不可思議的奇遇」，才會看到「仙履鞋之夢」吧！現在，能讓她平安回家，就是最值得期待的奇遇了。

就在她這麼想時，突然發現樹幹周圍寸草不生，裸露的泥地外環繞的就是「七彩蘑菇」，不小心留意就會錯過。

「七彩蘑菇耶！」她記得爸爸說過，蘑菇圈裡不長植物，是由於精靈會在圈圈裡跳舞。

「難道，這就是會變成人的神奇蘑菇嗎？」她趴下來，仔細盯著蘑菇瞧，等著蘑菇們開口跟她說話，想像蘑菇變成人的模樣。

等到肚子發出「ㄍㄨ ㄍㄨ」聲時，她才猛然驚覺，天色已經暗下

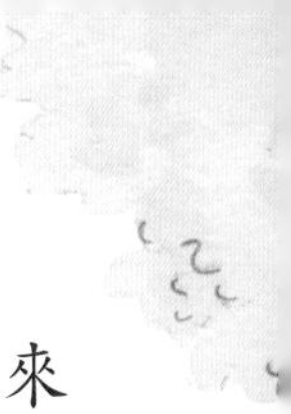

來，而且天空烏雲密布，像是要下雨了。沒多久，接連好幾聲「ㄆㄧㄤˋㄆㄧㄤˋ」的打雷聲，綠豆般大小的雨滴從天空直衝下來。雨愈下愈大，濃密的樹葉再也擋不住來勢洶洶的雨勢。

一時慌了手腳的她，靈機一動想到，可以跑進木屋裡啊！

木屋的大門上了鎖。雖然房子很老舊，但是大門卻很堅固，加上早已鏽掉的大鎖牢牢扣著，她怎麼用力推門都推不開。她繞到木屋旁邊查看狀況，心中盤算著，如果清掉破窗戶上的蜘蛛網，再伸手進去將窗栓打開，就可以攀著窗框爬進屋裡。

她在附近找了顆大石頭，推過來墊腳，無奈她不夠高，再怎麼抓都搆不著窗框。不過，踮著腳尖的她，看到了木屋裡的狀況。屋裡有座高台，牆邊長了一些雜草，除此之外，就沒有其他東西了。

試了幾次後，她放棄了爬進木屋裡的念頭，轉身坐在屋簷下發呆。不知道現在幾點了，她又開始想念昨晚的烤雞和巧克力蛋糕。雨停了，四周只剩下不知名的蟲鳴聲，還有屋簷上的雨水「ㄉㄡ……ㄉㄡ……」一點一滴掉落地面的聲音，她想到自己孤伶伶的處境，淚水不禁奪眶而出。

這時，木屋裡傳來「ㄨㄥ ㄨㄥ ㄨㄥ」的聲音，像是有人在唱歌。

「誰？」宛晶跳起來，朝木屋大喊，但是並沒有聽到任何回應。

「是誰？」她更大聲地吼著，聲音卻在顫抖。肚肚為了幫她壯聲勢，也朝著木屋狂吠。

聲音瞬間消失了。宛晶像顆洩了氣的皮球，整個人鬆懈下來。會不會是自己疑神疑鬼聽錯了呢?木屋裡根本沒人啊，怎麼會有聲響？

突然間，她的肩膀被輕輕拍了一下，瞬間像是有道電流通過脊椎，嚇得她寒毛直豎。因為，她想不到在這杳無人跡的荒山裡，竟然會「有人」拍她的肩膀。

「ㄟ！」背後有聲音叫她。她一回頭，又發出更尖銳的叫聲。站在她面前的，是個披頭散髮的老爺爺，頭髮、鬍鬚，甚至連眉毛都是白色的。

宛晶驚駭的叫聲，似乎嚇到老爺爺了。

老爺爺後退幾步，等宛晶稍微平靜下來，才開口問說：「妳是誰？從哪裡來的？」

老爺爺的態度很和藹，只是說話好像不太流利。

「你……你……你是蘑菇人嗎？還……還……還是森林女巫？」宛晶全身發抖，說話結結巴巴的，她嚇壞了，因此語無倫次，忽略了老爺爺是「男」的。

「蘑……菇……人？森林……女……巫？」老爺爺一臉困惑地回答，舌頭好像也打結了。

老爺爺看了眼睛和鼻子都哭得紅腫的她，問說：「妳怎麼會來這裡？」

宛晶從結婚紀念日的大餐說起，接著爸媽吵架、自己出來藏刀叉、不小心滑落山坡、在晨曦中看到小木屋、然後跌落湖裡差點淹死的過程，從頭到尾說了一遍。剛開始還吞吞吐吐，到後來愈說愈流暢，還好老爺爺沒有嫌她是個煩人的小女孩。聽到她掉到湖裡差點溺死時，老爺爺緊皺眉頭；後來聽說肚肚救了她，又露出讚許的表情朝肚肚點頭。

「妳真是命大！」老爺爺搖搖頭，指著湖的方向說：「這座湖原本藏在山裡面，幾乎沒有人知道。有一天，有群伐木工人砍倒一棵千年神木，大樹一倒，就像大地震，壓垮底下的小樹木，這座湖就這麼出現了。」

老爺爺咳了幾下，又說：「這座湖雖然美，卻讓很多人接連葬身湖底。有人傳說湖裡面有鬼怪，先前才會被山神藏在深山裡面。伐木工人把那棵保護村民的神木砍掉之後，湖裡的妖怪又開始出來作亂。

後來，沒人敢來湖邊，樹木雜草長高之後，又把這座湖藏了起來。」老爺爺看著宛晶說：「沒有特別的緣分是很難找到這裡的，所以這座湖又叫做『天湖』。」

原來這座湖這麼危險啊！宛晶吐吐舌頭，很感激肚肚救了自己。

「爺爺住哪兒？」宛晶好奇地問。老爺爺遲疑了一下，隨手比向木屋。

宛晶疑惑地想，木屋裡什麼都沒有，老爺爺怎麼會說自己住在裡頭呢？

一陣寒風吹拂而過，抖落了樹上的雨滴，冰涼的雨水「ㄉㄨㄥ」地一聲掉在宛晶頭上，讓她冷不防打了個哆嗦。

老爺爺抬頭看著天空。入夜後更冷了，霧氣也更濃了。

「餓了吧？」老爺爺問得很自然，就像關心自己的孫女似地。宛晶也很誠實地點點頭。

「跟我來。」老爺爺說完，便轉身往林子裡走去。

宛晶心想，奇怪，老爺爺不是說他住在木屋裡嗎，怎麼反而走進樹林裡？他會不會是個騙子？可是他看起來並不像壞人，更何況四周一片漆黑。回想昨晚一個人待在森林裡的恐怖經驗，她趕緊加快腳步跟上老爺爺。

每當宛晶回憶起和老爺爺的相遇，總是會想，當時是什麼原因讓她相信老爺爺，願意跟他回家呢？或許是「似曾相識」的感覺吧！

老爺爺說話的聲音和語調，讓她覺得很親切。而他身上穿的毛線外套，大大的V字領、手工編織的麻花辮，也讓她感覺熟悉，飯糰奶奶就常穿這種款式的毛衣。

老爺爺轉了幾個彎後，伸手撥開一堆亂草，眼前赫然出現一個大洞。老爺爺低下身，彎腰走進伸手不見五指的洞穴裡。宛晶跟了進去，高大的草叢在她身後密闔起來，她看著黑烏烏的洞穴裹足不前，肚肚朝著黑洞猛吠，只有空蕩蕩的回聲傳回來。

就在她猶豫不決時，洞穴裡出現一閃一閃的小光點。她向前走了幾步，仔細一看，原來是螢火蟲。

身上背著小夜燈的螢火蟲輕快飛舞，讓黑暗的洞穴看起來，像是繁星點點的深邃銀河。而且，夜空就近在咫尺，她一伸手就能抓住一閃一閃的「星星」呢！原本深不可測的洞穴，在螢火蟲的點綴下，有如童話世界般夢幻。

過沒多久，洞穴深處出現微微燭光，緩緩朝她靠近，是老爺爺手持蠟燭來接她。老爺爺朝她微笑，溫暖的燭光融化了她的恐懼。她彎著腰，跟在老爺爺身後，小心翼翼地走進洞裡。

洞裡有潮濕的泥土味，轉了兩三個彎後，在洞穴的盡頭，出現了一個小房間。

房間不到兩張榻榻米大，比宛晶和哥哥的房間還小。房裡沒有燈，只有一張榻榻米和一個小方桌，桌上有水壺、幾本書和一些食物。地上有個小爐子，爐上有個鍋子。榻榻米上堆了幾件衣服。

老爺爺把蠟燭放在桌上，燭臺是樹枝做成的，造型像人的右手。

或許是室內太昏暗，無論看什麼都像隔了一層霧，讓宛晶覺得有些不真實，像在作夢。

老爺爺提起水壺，倒了一杯水給她。杯子的花紋和款式，在宛晶看來也很眼熟。

「真是的，我的眼睛怎麼了，棲雲村的東西都用同一個模子做出來的嗎？」宛晶端起茶杯，「咕嚕嚕」地把水一口氣喝光。

老爺爺打開鍋蓋，鍋子裡飄出淡淡的米飯香。他俐落地捏了個飯糰，沾點鹽巴，遞給宛晶說：「這個給妳。」連這米飯的香味也很熟悉，令她心安。她伸手接下飯糰，看了老爺爺一眼說：「爺爺先吃吧！」

老爺爺搖搖頭，帶著歉意說：「只有這個可以吃，真失禮。」

宛晶真的太餓了，她先剝了一半的飯糰給肚肚，剩下的就一股腦

兒地全塞進嘴裡。雖然口中滿是飯粒，她卻忍不住好奇地問：「老爺爺住在這裡很久了嗎？」

老爺爺想了一下，點點頭。

「可是這裡不像個家，像是……像是……」宛晶一時想不出適當的字眼，來形容老爺爺住的奇特房間。

「像是儲物間。」老爺爺接口說。

「嗯。」她不好意思地點點頭，希望這麼形容老爺爺住的地方，不會傷了他的心。

「這裡原本就是個儲物間，也是換衣服的地方。」

「誰會在這裡換衣服啊？」

「主持樹靈祭的祭師。」老爺爺說：「舉行祭典前，祭師必須先靜心祈禱，才能和樹靈溝通。因此，祈禱室要盡量隱蔽，才不會讓別人打擾。」

樹靈祭的祭師？聽起來像是傳說故事中的角色。

祭師會戴面具嗎？穿什麼款式的衣服？又戴什麼顏色的帽子呢？宛晶在腦海中拿起畫筆，開始勾勒樹靈祭祭師的輪廓。

昏黃的燭光在牆壁上搖曳出奇形怪狀的光影，讓她想起那天晚上的燭光晚餐，還有烤雞和巧克力蛋糕。

「樹靈祭是什麼？」

「很久以前的人相信，樹木是有靈魂的。所以要砍樹的前七天，必須舉行『樹靈祭』，請樹靈先離開樹身，然後才能砍樹，這樣才不會傷到樹靈。」

「『樹靈祭』都在哪裡舉行呢？」宛晶從小到大都沒有看過樹靈祭。

老爺爺拿起桌上的蠟燭，轉身對她說：「跟我來。」

老爺爺走到榻榻米的另一頭，用力一推，出現了往上的石階。她想，這個房間雖然小，但是祕密通道卻很多哩。

老爺爺說，祭壇的正門要讓給樹靈通行，剛剛宛晶進來的山洞，是運送祭品的通道。而這個石階，是祭師舉行祭典前的必經之路。

宛晶跟著老爺爺往上走，走沒多久，就碰到一面牆。

老爺爺推開牆壁，宛晶探頭往外一看，恍然大悟說：「這裡是祭壇耶！」

難怪，老爺爺說他住在木屋裡。他剛剛推開的，並不是一道牆，而是一座厚實的高台。從高台外面看，根本無法發現地道和老爺爺居住的密室。

老爺爺說：「這就是舉行『樹靈祭』的地方。我們現在站的地方就是祭壇，這個高台是供放祭品的地方。」

「可是這裡看起來好荒涼啊！怎麼能舉行『樹靈祭』這麼盛大的祭典呢？」宛晶問。

老爺爺搖搖頭說：「在我當伐木工人時，『樹靈祭』就已經不舉行了。大家只忙著砍樹，祭壇也就荒廢了。ㄟ……」說到這兒，老爺爺突然神祕兮兮地說：「不要告訴別人我住在這裡好嗎？」

宛晶點點頭，卻忍不住追問：「為什麼呢？」

「嗯……，我做錯事，在這裡懺悔。嗯……」老爺爺欲言又止地吞吞吐吐。

「懺悔?是誰處罰您的？」宛晶同情地問。

「我自己處罰我自己。呃……」老爺爺停了一下，就不再往下說了。

「自己處罰自己？」宛晶不了解老爺爺的意思。正當她打算繼續追問時，一群小黑蚊「嗡嗡嗡」地繞著他們的頭頂盤旋飛舞。老爺爺說：「我們回去吧！」

他轉身走進高台裡，再把牆面推回原位，領著宛晶走下石階。

她邊走邊想，老爺爺住的小房間真奇怪，有兩個出入口，卻都很隱蔽，根本不容易發現，於是問說：「老爺爺怎麼知道有這個小房間呢？」

「這個小房間的祕密，主持樹靈祭的祭師最了解。嗯……」老爺爺看來有些顧慮，停頓了一下，宛晶以為老爺爺又不說了，沒想到他又接著開口說：「我的祖父，就是那個祭師。」

「哦……」宛晶恍然大悟。

「不過，後來能發現這個隱蔽的小房間，還是靠機緣。」老爺爺神祕地笑著，沒再多說。回到房間後，老爺爺把水壺移到爐子上，開始生火煮水。望著熊熊的炭火，老爺爺忽然哼起歌來。

一或二　是非題　選圈或叉

一二三四五　選擇題　五個手指選一個

一二三四五六七　數（ㄕㄨˇ）數（ㄕㄨˋ）也不難

可是　人生究竟是個難解的謎題

「這是什麼歌啊？我都沒聽過。」宛晶好奇地問。

「好聽嗎？」老爺爺問。

「嗯。」她點點頭。

老爺爺捻捻花白的鬍鬚，有些難為情說：「我自己看書，練習說話、學數學，做練習題，編了歌自己唱，有了旋律比較好記。年紀大了，腦袋也記不住了。」

老爺爺在桌上拿起一片葉子，輕輕掐住兩端，放在唇間，就開始吹奏起來。輕快的樂音，從微微捲曲的葉片中流洩出來，讓宛晶覺得很神奇。

老爺爺說，他獨居了很久，很少有機會跟別人說話，因此他把認識的字，譜成歌曲唱出來，也讓舌頭練習說話。

老爺爺似乎對棲雲村很熟。他知道宛晶家附近有廢棄的鐵軌，鐵軌上有蹦蹦車，是以前載運木材的小火車。老舊不用的蹦蹦車，已經變成兄妹倆的玩具，她和哥哥常常跑到車上去玩，假裝自己是個駕駛員。

宛晶斜倚著牆，睡眼惺忪地問：「我以後該怎麼跟爺爺聯絡呢？」

老爺爺想了一想說：「可以寫信給我啊。」

「寫信？」宛晶狐疑地問：「郵差伯伯會送信到這裡嗎？」

「信……嗯，」老爺爺刻意壓低聲音說：「妳就放在蹦蹦車後面的第五株山櫻花樹下。樹底下有個人字型的凹洞。」老爺爺還用手比了個「人」字。

蹦蹦車後面的第五株山櫻花樹？宛晶想，林子裡有這麼多樹，從哪邊算起是第五株呢？

她睏了，眼皮沉重得睜不開，意識也逐漸模糊，不知不覺就倒在榻榻米上睡著了。她夢見包著刀叉的厚T恤變成飛天魔毯，載著既狼狽又飢餓的她和肚肚飛回家。魔毯從二樓的窗戶飛進去，她看到哥哥跪在榻榻米上祈禱。她衝過去抱著哥哥，興奮地大喊：「『仙履鞋之夢』的奇蹟果真發生了！」

7 第五株山櫻花樹

千言萬語　寫在寄不出的信裡……

宛晶看到桌上的白紙，寫了這麼幾個字。後面應該還有一些字，但是被塗掉了，看不出來寫些什麼。

老爺爺心中藏著很多話語嗎？宛晶盯著老爺爺瞧。不說話時，他總是一臉肅穆，彷彿沉浸在自己的世界裡，不希望被打擾。老爺爺說，長時間獨居，很少有機會跟人互動，省略了喜怒哀樂，久而久之，臉上自然失去了表情。

「表情是用來和別人溝通的。就像『笑』是要表達善意，也是一種禮貌。但是，我難得用到，久了也就忘記看到人要笑了。」

老爺爺不照鏡子，所以看不到自己的臉。他總是披散著一頭白髮，又面無表情，突然看到他的人，可能會被他的怪模樣嚇到吧！宛晶想，獨自生活在被森林包圍的小房間裡，一定很寂寞。

老爺爺笑著回答：「呵呵，有時候難免覺得悶。可是這些樹啊，其實是很『活潑』的，偶而也會害羞，不熟的人一靠近，它們就什麼也不說了。」老爺爺半瞇著眼睛說：「這些樹跟人一樣，隨時都在『長大』也在『衰老』……。」

她屏住呼吸，陪爺爺聆聽樹木在暗夜裡的輕聲低語。螢火蟲在不遠處飛舞，老爺爺的身影忽遠忽近，然後整個人消失在濃霧之中。

原來是個夢。當宛晶醒來睜開眼睛，看到的人卻是哥哥。

恆竟坐在一旁，戲謔地說：「大睡豬，妳終於醒過來了。妳再不醒來，我就用毛筆在妳臉上畫小豬。」

愛搗蛋的哥哥真令人討厭。宛晶想，自己迷路時，怎麼會想念哥哥呢？

宛晶的記憶回到了森林中的小屋。她轉頭左右看看，確定這是自己的房間，身上也換了乾淨的衣服，納悶地問：「我怎麼回來的？」

「爸爸把妳撿回來的。」

「在哪兒撿的？」

「妳連自己掉在哪裡都不記得了啊！妳是『愛麗絲』對吧？根本不是『洗碗精』，快把我妹妹還來！」恆竟指著她的鼻子說。

「什麼『愛麗絲』啊？別鬧了！」宛晶揮掉哥哥的手，滿頭霧水地說。

「『愛麗絲夢遊仙境』啊！妳是夢遊到哪裡去啦，怎麼連回家的路都不認得？」哥哥又在笑她了。她雖然不高興，卻又沒有力氣跟他爭辯。

「爸媽和好了啊？」這是她最關心的事。

「對啊。」哥哥簡單地回答。

「真的?!」宛晶趕緊從被窩裡爬起來，急忙問：「怎麼和好的？」

「奶奶來勸架啊。」恆竟聳聳肩，攤開手說：「再加上爸爸跪地求饒，哈哈！」

她很不喜歡哥哥吊兒郎當地說話，不過聽到爸媽和好了，還是很高興。

「媽媽不生氣啦？」

「當然還是氣啊！可是爸爸說，他又不是第一次送人家去急診。村子裡都是老弱婦孺，沒幾個年輕人，霧這麼濃，誰有辦法在彎曲的山路上開快車呢？當然是我們有求必應的爸爸啊！他是棲雲村的救護車、守護神……。」恆竟愈講愈誇張，聲調也高亢起來。

宛晶「噓」了一聲，提醒他小聲一點。「現在幾點了？」

「快起來啦！要吃飯了。」話才說完，哥哥就像一陣風似地跑下樓了。

宛晶坐起身，感覺全身痠痛，掀開上衣一看，身上有好幾塊瘀青。她走到鏡子前，看到臉上有幾道被樹枝刮傷的血痕。這下糟了，她想，媽媽一定又會把她唸一頓。

她走到樓梯口偷偷往下看，爸爸坐在餐桌前，媽媽站在爐子前舀湯，哥哥在盛飯，肚肚縮在角落吃飯。看到了想念的家人，還有香噴噴的飯菜，她高興得想哭，卻又有點心虛。

她慢吞吞地下樓，乖乖地走到自己的位置上坐下。媽媽端湯上桌，順手摸摸她的額頭說：「還在發燒。老愛亂跑，弄得全身是傷。」

宛晶擔心媽媽問起失蹤的刀叉，只好低著頭默默地扒飯，連哥哥朝她做鬼臉，她都視而不見。

媽媽看她無精打采，擔心地說：「看她病懨懨的樣子，明天可能又要請假了。」

爸爸盯著她說：「多休息一天也好。」

宛晶想，不去上學最好，臉上都是傷，醜死了，一定會被同學笑的。

扒了幾口飯後，媽媽終於問了：「刀叉藏到哪去了？」

「那個……那個……」她的舌頭打結了，猶豫著該怎麼說。

爸爸看她吞吞吐吐，幫忙解圍說：「丟了就算了，再買新的就好了。」

「可是……」媽媽還想問，卻被爸爸擋了下來，讓她鬆了一口氣。

其實，爸媽也都猜得到，宛晶為什麼半夜拿走刀叉。想起那天晚上的情景，兩個大人都有些尷尬，嚇到孩子更讓他們覺得愧疚，因此也不想再追究了。

宛晶也有些心虛，急著問：「爸爸在哪裡找到我的？」

「在山櫻花樹下找到的。」

山櫻花樹下？難道是老爺爺把她抱到櫻花樹下的？是哪裡的山櫻花樹呢？她不敢再問，害怕說溜嘴。雖然在森林裡，餓昏了的她，好幾次想念烤雞和巧克力蛋糕。但是回到家上了餐桌，她卻沒有胃口，悶悶地扒了幾口飯後，就回到房間繼續躺著休息。

她想，爸爸若無其事的樣子，似乎沒查覺老爺爺的事情。想起老爺爺的身影，她感覺有些難過，老爺爺為什麼要處罰自己呢？宛晶躺在榻榻米上，輾轉反側毫無睡意。這時耳朵又開始癢了起來，難道是老爺爺在想念她嗎？

媽媽老是說，宛晶是個直腸子，什麼話都藏不住。如今卻是她出生以來，心中藏著最多祕密的時候。

隔天一早，宛晶沒有上學。趁著媽媽去買菜，她跑到蹦蹦車附近，去找第五株山櫻花。紅豔豔的山櫻花開得滿山遍野，而她一眼就認出老爺爺說的那株，因為它真的很特別，靠近樹根的部份呈人字型，看起來像在屈膝行禮。

她急忙跑回家，撕下一張日曆紙，包著早餐剩下的饅頭、一些花生米、一個罐頭，還有一封感謝老爺爺送她回家的信，然後回到樹下，放進老爺爺跟她約定的樹洞裡。她的心「怦怦怦」地跳得很快，滿臉發燙，像是做了虧心事。

媽媽買菜回來，發現饅頭不見了，驚訝地問：「妳真的餓壞了，把饅頭都吃掉了？」

吃中飯前，宛晶跑到樹下查看，東西還在原處。一吃過飯，她又跑去巡視，東西還是原封不動。整個下午她都顯得魂不守舍，媽媽叫她幫王媽媽洗頭髮，她還不小心讓泡沫流進王媽媽的眼睛裡，惹得王媽媽抱怨個不停。

晚飯前後，她又各去看了一次，東西還是在原來的位置。

「會不會放錯地方了呢？」她在附近看了看，並沒有其他株山櫻花長得像老爺爺所形容的那樣。她想，萬一這封信被別人拿走了，那麼老爺爺的祕密不就洩漏了嗎？她考慮了一下，決定把信件拿起來。

那天晚上，宛晶夢見自己在山櫻花樹下遇到老爺爺，老爺爺還教她唱了一首歌。早晨被媽媽叫醒時，她已經忘了那首歌怎麼唱了。

上學前，她又跑到第五株山櫻花樹那兒去。這回她發現，東西全都不見了。

8 祕密洩漏了

「所有的祕密，到最後都會洩漏出去嗎？有沒有可以保守一輩子的祕密呢？」

遇見老爺爺之後，宛晶常常思考這個問題。有人會好奇地問她，是不是被森林女巫或是蘑菇人抓去了？她不想說謊，更怕自己說溜嘴，不小心洩漏了老爺爺的祕密，只好板著臉，讓其他人不敢靠近她。

但是，她感到有些痛苦。原本的她，是個成天喜歡嘰嘰喳喳的小女孩啊！不過為了遵守對老爺爺的承諾，只能繼續裝酷。

她不懂，為什麼老爺爺說話時總是刻意壓低聲音，而且欲言又止，感覺很神祕。他心中究竟藏著什麼祕密呢？

老爺爺教她唱的歌裡，很多都跟「耳朵」和「聲音」有關。老爺爺說，他住的地方陰暗又窄小，夜裡也不點燈。在伸手不見五指的房間裡，他都用耳朵代替眼睛來生活。而且，以前在森林裡工作，濃霧會遮蔽視線，要提防山上滾下來的倒木或者避免野獸襲擊，靈敏的耳朵比銳利的眼睛更重要。

宛晶對自己的耳朵有很多想像。因為她的耳朵時常發癢，媽媽也說她耳根子軟又敏感，太在意別人的批評，心情常受到影響，所以笑她的耳朵不能吃苦，只能吃甜的。

她想，誰不愛聽好聽的話呢？誰的耳朵會喜歡吃苦？她不僅不喜歡吃苦，也不吃辣的、酸的，所以寫了一首詩叫做「不吃檸檬苦瓜和辣椒的耳朵」……

耳朵能分辨酸甜苦辣嗎？
為什麼有些話聽起來酸酸的？
有時候是苦的　有時也會有甜味

我的耳朵不吃檸檬　也不喜歡苦瓜
也別加太多辣椒　辣得我想掉眼淚

她把這首詩用信封裝起來，又送了兩枝鉛筆、一本簿子給老爺爺，這樣老爺爺就可以寫詩也可以寫信給她。

她來到山櫻花樹下，把信和鉛筆、簿子放進樹洞裡。

宛晶習慣把熟悉的東西取名字，感覺有了名字才顯得特別。就像第五株山櫻花樹，現在就被她取名叫「小紅」了。自從這株山櫻花叫做「小紅」以後，就跟其他株山櫻花不一樣了。「小紅」是跟她一起擁有祕密，而且共同保守祕密的「樹」朋友。

過了幾天，老爺爺終於有了回應。宛晶在「小紅」的膝蓋底下拿到一封信，信裡頭寫著：

謝謝妳的禮物。

妳寫的詩很好，很好，很好……。

老爺爺連寫了三次「很好」，讓她很高興，也證明這樣的方法可以和老爺爺保持聯繫。然而她好奇的是，到底是老爺爺自己來拿信，還是有人幫他送信呢？

隨著時間過去，宛晶臉上的傷痕也逐漸淡去，大家不再提起她曾在森林裡迷路的事情。不過她仍然藉著信件和老爺爺聯絡，她只上半天課，而哥哥得上一整天的課。通常，她都趁著媽媽睡午覺、哥哥還在學校的下午，跑到「小紅」那兒去送信和取信。

她自以為神不知鬼不覺的祕密行動，卻讓媽媽起疑了。有天晚上，她下樓上廁所，經過爸媽的房間，看到房門半掩著，裡面傳來媽媽的聲音：「我發現宛晶最近怪怪的，老是鬼鬼祟祟跑出去，大半天不見人影，不知道在做什麼？」

她緊挨門縫，拉長耳朵，卻聽不見爸爸的回答，只聽到媽媽又說：「家裡有些東西莫名其妙不見了，尤其是吃的。該不會又被她拿去餵黃鼠狼吧！」

宛晶用力摀住嘴巴，深怕自己笑出來，她的確常拿家裡的食物去餵黃鼠狼。

爸爸的聲音「ㄨㄥ ㄨㄥ ㄨㄥ」地傳出來，含混的讓她聽不清楚。她緊張得連廁所也不上了，趕緊偷偷摸摸地爬回二樓。

天氣愈來愈熱。奼紫嫣紅的花朵開得滿山遍野，讓原本以「綠」為主色調的棲雲山，成為一個色彩斑斕的大調色盤，而且每個時刻的顏色，隨著光影和雲霧的變化都有所不同。

再過不久，端午節就要到了。

包粽子那天，宛晶興奮地跟在媽媽身後當小跟班。粽子還在蒸籠裡蒸，不時飄出香味，她已經沉不住氣，好幾次跑進廚房問說：「好了沒？可以吃了嗎？」

媽媽被煩得受不了，警告她乖乖看店，不准再進廚房找罵挨了。

傍晚時分，粽子終於蒸好了。當媽媽從蒸籠裡拿出一串熱騰騰的粽子時，廚房裡頓時瀰漫著粽子的油香味。媽媽解開繩子，遞了一顆粽子給宛晶，她吃得滿嘴油膩膩，不停地說「好吃、好吃」。

她邊吃邊留意媽媽的動靜，想趁機把粽子拿到「小紅」樹下去給老爺爺。但是媽媽一直待在廚房裡，讓她苦等不到機會。她鬼鬼祟祟的舉動，惹來媽媽的疑心。

終於，外頭傳來一聲：「有人在嗎？」宛晶衝出去一看，是王媽媽。

「哦耶！」她在心裡歡呼，然後快步跑進廚房，大聲喊：「媽，王媽媽來洗頭了。」

媽媽狐疑地看她一眼，匆匆走出去。媽媽後腳才踏出廚房，宛晶就迫不及待地掀開蒸籠的蓋子，一團白煙竄上來，薰得她睜不開眼睛。

她掀開上衣，急忙把一大串粽子塞進衣服裡。「哇，好燙！」熱騰騰的粽子燙得讓她藏不住，連蒸籠的蓋子也一起來湊熱鬧，「ㄎㄥ ㄎㄥ ㄎㄧㄤ ㄎㄧㄤ」地全都掉到地上去。

「怎麼啦？」媽媽在外頭拉長嗓子問。

「沒……有……啦！」她急急忙忙地回答。

她擔心媽媽突然進來，愈緊張愈是手忙腳亂。後來，她想到一個妙計，拿來幾張舊報紙裹住熱呼呼的粽子，塞在懷裡，再把衣服紮進褲子裡，這樣粽子就不會掉下來了。如果套件外套，再走快一點，媽媽應該不會識破才對。

她怕被媽媽逮住，眼睛不敢亂瞄，目不斜視地跑出家門。

「妳去哪？」她聽到媽媽在背後叫她。

「同學家。」宛晶頭也不敢回，像跑百米賽跑似地跑到「小紅」那兒。她把藏在衣服裡的粽子，放進樹洞裡，還在附近找些落葉枯枝和石頭做掩護，好遮住冒著熱氣的粽子。

「燙死我了！」她用衣服下擺猛搧著被粽子燙得紅通通的肚皮。

「妳在幹嘛？」宛晶嚇了一跳，回頭一看，原來是哥哥。她慌慌張張地跑出家門，沒注意到剛放學的哥哥暗中跟了過來。

哥哥靠近樹洞一看，驚訝地說：「這麼多粽子藏在這裡要給誰？」

她用力搖頭，什麼話也不說。

「好吧！那我回家告訴媽媽囉。」恆竟轉身假裝要離開。

宛晶急得眼眶紅了，拉住哥哥說：「好啦！我告訴你，可是你不可以告訴別人。」

恆竟點點頭。她伸出小指頭說：「打勾勾。」哥哥也配合著把小指頭伸出來打勾勾。

「是一個老爺爺！」她把遇到老爺爺的事情，一股腦兒地全說給哥哥聽。

「妳發現『蘑菇祭壇』？」

仁愛中學

「嗯。」宛晶用力地點頭。

「沒騙我？」哥哥挑了挑眉毛，露出不可置信的表情。

「沒有啦！」她最討厭別人不相信她。

「喔，好酷！那個老爺爺是逃犯嗎？」

「不是啦！」宛晶氣急敗壞地否認，她可不想有人誤會老爺爺。

「那誰會來拿粽子去給他？」

「我也不知道。」

「粽子這麼香，到時候被別人撿走或者被小狗叼走了，那多可惜。」恆竟的眼珠子骨碌碌地轉著說：「不然這樣吧，我們在這裡守著粽子，等等看是誰來拿？」

其實，恆竟打的如意算盤是，跟著來拿粽子的人，去看看傳說中的「蘑菇祭壇」和「仙履鞋之夢」。

一時慌得沒了主意的宛晶，聽到哥哥答應她保守祕密，暫時放下心來。他們就藏在大樹後頭守著，直到天色漸漸暗下來，轉眼就快到吃晚餐的時間了。

「怎麼都沒人來啊？蚊子好多喔！」恆竟氣得跺腳，口氣很不耐煩。

宛晶委屈地說：「是你自己說要等的。」

恆竟想了一下說：「不行！我們得先回家。不然媽媽問我們去哪裡，就會『事跡敗露』！」

「事跡敗露？」她把哥哥說的話重複一次，然後噗嗤一聲笑了出來。

「妳笑什麼啦！」

「你常常動歪腦筋，『事跡敗露』，所以被媽媽修理。」她心情放鬆了，開始嘲笑哥哥。

「妳在練習造句是嗎？我看妳偷粽子的『事跡敗露』，才會被媽媽修理呢！」恆竟沒好氣地說：「對了，這麼多粽子不見了，一定會被發現，媽媽如果問的話，妳就說……就說……」哥哥的眼珠子又開始賊溜溜地轉著，「就說……宋江的阿嬤生病了，不能包粽子，妳才拿粽子去他家。」

「宋江是誰？」宛晶疑惑地問。

「是我看《水滸傳》裡面的假人啦，反正就跟媽媽說，是新轉來的轉學生。」

「為什麼不說是胡小威，或是班上其他同學？偏要說個假人。」她皺著眉頭，覺得莫名其妙。

「妳很呆耶！媽媽認識胡小威啊，班上的同學才幾個，媽媽都認識，萬一他們的媽媽來洗頭，或者去買菜遇到了，不就穿幫了？因為沒有宋江這個人，就不會有宋江的阿嬤或媽媽，懂嗎？」

「喔。」難怪媽媽說哥哥反應快。宛晶想，哥哥偷雞摸狗的事情做多了，心思也比較細密。

「哥，你長大應該會成為一個奸詐的大壞蛋吧！」回家的路上，宛晶這麼問哥哥。

「妳才會變成一個大笨蛋！」恆竟重重地拍了她的頭。兄妹倆就這麼打打鬧鬧地走回家。

9 粽子不見了

回家時，王媽媽的頭髮已經弄好了，和媽媽站在門口交頭接耳。經過媽媽身邊時，宛晶刻意放慢腳步，想偷聽她們說什麼。兩人刻意壓低聲音，窸窸窣窣地，不過「汪行雲」這三個關鍵字，還是竄進她的耳朵裡。

恆竟放下書包，大聲喊餓，直接衝進廚房找東西吃。宛晶很不高興地把電視打開，故意把音量轉得很大聲。她不懂，為什麼王媽媽都已經快生小孩了，還這麼愛管閒事，萬一害爸媽又吵架該怎麼辦？

王媽媽轉頭看了她一眼，很識趣地跟媽媽說：「那妳先忙，我回去了。」

媽媽臭著一張臉，走到她身邊說：「妳真是愈來愈沒禮貌了！」說完之後，氣沖沖踩著拖鞋，「ㄆㄧ ㄆㄧ ㄆㄧㄚ ㄆㄧㄚ」地走進廚房。

宛晶有些心虛，不敢踏進廚房，於是一邊跟肚肚玩，一邊留意廚房的動靜。

不出所料，沒多久，媽媽就從廚房走出來，問她是不是拿走了一串粽子。

「嗯……」她把頭垂得低低的。從鏡子裡，她看到哥哥滿嘴油膩膩地吃著粽子，還齜牙咧嘴地對她做鬼臉。

「拿給誰了？」媽媽氣呼呼地質問。

「宋宋……強的阿嬤……」宛晶的腦袋一片空白。她瞄到鏡子裡的哥哥用誇張的嘴型說：「宋江。」

她心想，反正都是假人，管他叫什麼名字。

「宋強是誰？」媽媽毫不放鬆地追問。

宛晶整個人縮進椅子裡，囁嚅地說：「是……是班上新轉來的同學。因為他阿嬤生病，所以拿粽子去他們家。」

她看到哥哥在鏡子裡猛點頭，用大拇指偷偷比個「讚」的手勢。

「什麼時候轉來的，我怎麼沒聽說？」

「剛轉來。」宛晶的聲音抖抖的，她真的很不喜歡說謊。鏡子裡那張「說謊的臉」漲得紅通通，看起來畏畏縮縮，真是討厭這樣的自己。

「為什麼不跟我說一聲，就把粽子拿出去送人？」媽媽的口氣很嚴厲，眼睛像要噴出火來。

「因為……因為……」宛晶快哭了，結結巴巴地說不出來。差點衝口而出的話是，「我答應老爺爺不告訴任何人啊！我怎麼知道，要幫人保守祕密是這麼困難呢？」但是這些話只能在心底繞啊繞的，怎麼都說不出口。

「因為啊，她怕媽媽不高興啊！她一點都不了解，媽媽可是全世界最善良的媽媽。媽媽包的粽子最好吃了。」哥哥竟然會跳出來幫她解圍，真是太令人感動了。不過，哥哥可真會「花言巧語」啊！

聽到恆竟這麼一說，媽媽忍不住笑出來，於是放軟語氣對她說：「以後做什麼事情，要先經過我同意，知道嗎？」

「知道嗎？」這三個字，媽媽還特別加重語氣，宛晶只能乖乖點頭。

吃晚飯時，爸爸還沒回家。媽媽要他們先吃，兄妹倆就把粽子當晚餐吃個過癮。吃過飯後，恆竟找藉口說，作業簿不小心讓同學帶回家了，要去拿回來。宛晶也趁媽媽不注意，偷偷跟了出來。

恆竟一路走得飛快。「等我一下啦！」宛晶在後頭用小跑步追趕哥哥。

「妳走得像烏龜，等我們到的時候，粽子早就被人拿走了。」恆竟邊說邊走，絲毫沒有減緩腳下的速度。等到兩人抵達「小紅」那兒，探頭往洞內一看，粽子已經不見了。

「妳看啦！都是妳害的，粽子被拿走了吧！」

「什麼事都怪我！」宛晶不服氣地回嘴說：「只要老爺爺吃得到粽子就好啦，管它是誰拿走的，我才不想知道。」

「妳真的不想知道嗎？妳怎麼知道是老爺爺吃到粽子，而不是張

三李四、或是黃鼠狼吃的？也許根本不是老爺爺寫信給妳，而是妖怪或是蘑菇人知道了妳的祕密，假裝寫信給妳，而妳這個呆瓜，就傻傻地把家裡的東西通通都偷出來給他。」哥哥的嘴巴像支機關槍「答答答」地攻擊她。

「才不是這樣……」宛晶聽了先是一愣，接著用力反駁。不過仔細一想，哥哥說的也有道理。她根本沒有再見過老爺爺，也許跟她聯繫的人並不是他。否則老爺爺年紀這麼大，怎麼能夠跋山涉水來拿東西呢？

「想通了嗎？妳這個笨蛋！」恆竟得理不饒人，乘勝追擊說：「好吧，我來幫妳解開謎底，我陪妳去找老爺爺，問他有沒有收到妳送的東西。」

「不行！」宛晶態度堅定，斷然拒絕說：「這樣老爺爺就會知道我把祕密告訴你了。」

「好吧！那妳就二選一。」恆竟故意用無所謂的態度說：「一個是我去告訴媽媽，我們家的東西為什麼『一一』失蹤了；另一個就是帶我去找老爺爺，看『蘑菇祭壇』。」

哥哥說「一一」的時候，還特地比了手勢，加重語氣。真是太可惡了！宛晶生氣地想，難怪村子裡的孩子都說不要得罪恆竟，哥哥他真的心機很重啊。

「你很『小人』耶！怎麼可以趁機要脅別人？」

「二選一喔！妳慢慢考慮。」恆竟嘻皮笑臉地說，一副「等著看好戲」的模樣。

「你真是一個討厭鬼！」宛晶大聲吼回去。

回家的路上，恆竟故作輕鬆，一路吹著口哨。她則故意慢吞吞地走著，氣呼呼地瞪著哥哥的背影。

她想起老爺爺唱的歌：

一或二　是非題　選圈或叉

一二三四五　選擇題
五個手指選一個……

是非題很簡單嗎？選擇題也不難是嗎？哥哥只要她二選一，她卻連一個答案都選不出來。對她來說，眼前的題目，每一題都很困難，都會讓她考零分。

回家做完功課，幫媽媽掃地、晾好毛巾後，她回到房間，拿出墊被鋪在榻榻米上，準備睡覺。恆竟早已呼呼大睡，她忍不住捶了他的棉被好幾下，好發洩心中的怨氣。

她背對著哥哥躺下來，卻煩惱得無法入睡。唉，知道太多祕密真是件辛苦的事情。迷迷糊糊之間，她聽到樓下木門被拉開的聲音。

「爸爸回來了。」宛晶想，爸爸很疼她，乾脆把所有的事情告訴爸爸好了，這樣就可以放下心中的重擔了。

正當她決定下樓告訴爸爸真相時，又聽到媽媽說話的聲音。王媽媽今天來過，爸媽該不會又吵架了吧？

她像隻小老鼠似地，躡手躡腳走到樓梯口，聽見媽媽說：「這孩子最近很奇怪，我打算明天去學校跟老師聊聊，順便問一下，新轉來的同學到底是怎麼回事。」

「事情終於要爆發了！大家都會知道我是個愛說謊的騙子，又是個小偷。唉，該怎麼辦啊？」明明是個炎熱的夏天，她卻覺得好冷，急得直發抖。

她溜回房間，用棉被蒙著頭痛哭。被窩裡很悶熱，她哭得滿頭大汗，感覺快窒息了。她想起老爺爺的話，虔誠祈禱誰來救救她。不知道哭了多久，忽然間刺眼的燈光照得她睜不開眼睛，原來是哥哥打開房裡的大燈，又掀開了她的棉被。

恆竟一頭霧水地看著她問：「哭什麼啊？吵得我都不能睡！」

「都是你，都是你害的啦！」宛晶哭得鼻塞，話說得不清不楚。

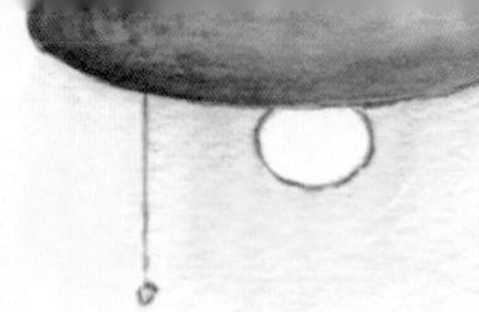

她把棉被搶回來，把頭埋著繼續哭。

恆竟一把搶走她的棉被，邊打呵欠邊問說：「是因為要去找老爺爺的事嗎？」

宛晶「哼」了一聲，轉過頭去不理他。

「這件事啊……」恆竟雙手抱膝，坐在她身邊低聲說：「妳想想看喔，難道不認為我說的話很有道理嗎？也許跟妳通信的並不是老爺爺啊，妳卻傻傻地一直送東西給人家。妳總要去跟老爺爺確認一下吧？我陪妳去，妳就不會掉進湖裡，一個人去真的太危險了。」

「可是……」她垂著頭，哽咽地說：「我答應老爺爺要保守祕密啊，怎麼辦？」

「我會跟老爺爺說，是我自己硬要跟妳去的。我是哥哥，有責任保護妹妹啊！」恆竟說得理所當然，彷彿認為自己真是個英雄。

「臭屁鬼！」宛晶看著哥哥得意洋洋的表情，不以為然地回嘴。雖然哥哥說的話，跟在樹林裡說的沒什麼不同，不過現在聽起來，似乎沒那麼糟了。

「如果老爺爺的狀況真的很可憐，回來我幫妳跟爸媽求情，或許可以讓老爺爺來住我們家啊。」恆竟很清楚妹妹的弱點，她很善良，又容易心軟，他總是善用這點來說服她。

「真的嗎？」宛晶破涕為笑，聽哥哥這麼一說，事情又變得更好了。

「好了啦！每次都這樣，又哭又笑，黃狗撒尿。趕快睡覺了。」恆竟起身把大燈關掉，倒頭睡下。

長久以來的壓力，終於有人分擔。原本擱在心中沉甸甸的大石頭，瞬間化成輕飄飄的棉花糖，感覺好輕鬆啊！可是不對啊……。

「哥……」宛晶用手推推哥哥。

恆竟不耐煩地問：「又怎麼了？」

「媽媽說，明天要去學校問老師那個假人的事情？」

「什麼假人？」

「就是假的轉學生，拿粽子的宋強啊！」

「真的？」

「嗯！我剛剛偷聽到的。」

恆竟沉默了一陣，就在宛晶懷疑他已經睡著時，他突然轉過身來說：「想到了！我明天裝病不去上學，媽媽為了照顧我，就會留在家裡不出門，我來幫妳絆住媽媽。」

「明明是你自己不想上學，還說是要幫我。」她覺得哥哥真的很愛耍小聰明。

「就這麼決定啦！快睡覺，別再吵我了。」恆竟又轉過頭去。

宛晶摟著棉被想，雖然哥哥常取笑她、和她鬥嘴，但是有個哥哥還是很不錯的，至少發生問題時，可以一起想辦法解決。得到這個結論之後，她安心地闔上眼睛，沉沉地睡去。

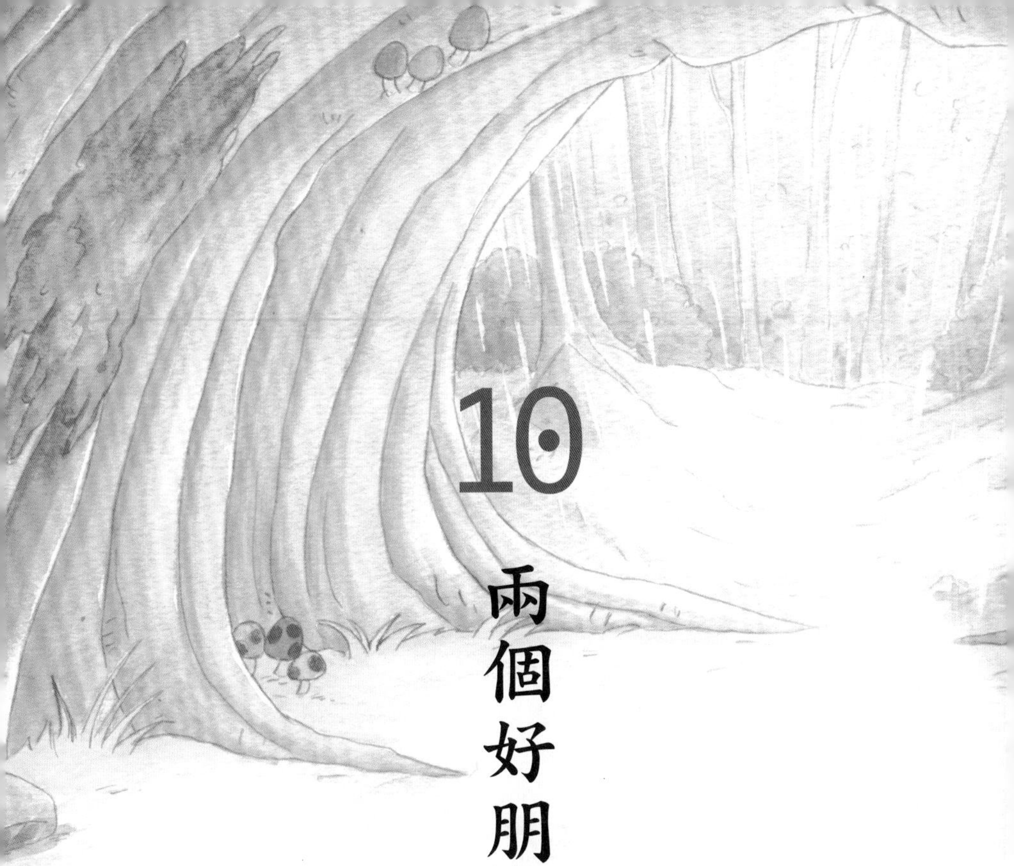

10

兩個好朋友

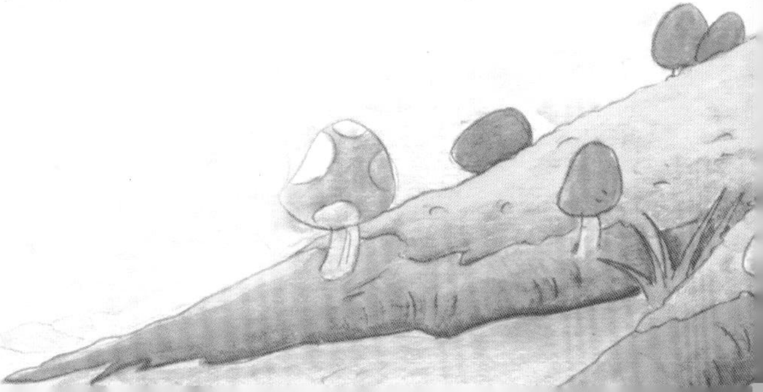

隔天一早，宛晶起床時，恆竟還躺在榻榻米上。她想起哥哥說他要裝病，只好自己先換好制服下樓去。

媽媽在廚房裡烤麵包。爸爸蹲在門口洗車，每次跑了遠路或者下雨天去巡山，回來以後，爸爸都要清洗摩托車上的爛泥巴。

吃早餐時，宛晶始終低著頭，不敢抬頭看爸媽。

媽媽問：「哥哥呢？還在賴床啊？」

「他說身體不舒服。」

「身體不舒服？」媽媽聽了，連忙放下碗筷，急忙走上二樓。

宛晶聽見媽媽的聲音從樓上傳下來：「發燒了嗎？怎麼天氣這麼熱還會感冒呢？」她懸著一顆心七上八下，希望哥哥不要被識破才好。

「我今天會去學校找老師。」爸爸突然開口說話。

「爸爸要去找老師？」她心想，糟糕，那哥哥裝病就一點用處也沒有了。

「嗯，去跟老師聊聊，關心你們在學校的狀況。」

她的腦袋一片空白，不知該如何回答。鬼靈精的哥哥還躲在樓上裝病，昨晚的計畫恐怕就要泡湯了。

爸爸一口氣把稀飯喝掉，放下飯碗時又說：「原本是媽媽要去的，但是我今天剛好會到學校附近，順便跑一趟。哥哥身體不舒服，妳呢？」

「我——很好啊——。」唉，宛晶想，我也希望自己生病啊，乾脆和哥哥一起躺在家裡裝病好了，不然爸爸到學校一對質，發現沒有「宋強」這個人，就像哥哥講的「事跡敗露」，那就完蛋了。

媽媽一直留在二樓。直到宛晶出門前，都沒機會跟哥哥說話。整個早上，她都魂不守舍地朝著校門口的方向看，不知道爸爸什麼時候會來學校，連續幾堂課她都上得心不在焉。

快放學時，老師說了一個「兩個好朋友」的故事。內容是這樣的：

很久以前，部落裡有兩個年輕人。一個叫馬躍，一個叫卡照，他們兩個是從小一起長大的好朋友。

兩人同時愛上部落頭目的女兒巴奈。馬躍做事勇猛豪爽，狩獵和捕魚技術無人能及，是族人崇拜的英雄。頭目希望女兒嫁給馬躍，偏偏巴奈只喜歡卡照。

頭目出了一道題目考驗馬躍和卡照。他們必須到深山裡尋找傳說中的雲豹，誰能把雲豹帶回來，就能和巴奈結婚，還可以成為眾人景仰的新頭目。

馬躍的體力好、腳程快，狩獵技術又高明。歷經千辛萬苦，他找到了雲豹，一番搏鬥過後，馬躍終於制伏了牠。回程的路上，他遇到迷路的卡照。卡照知道自己輸了，只好垂頭喪氣跟著馬躍往回走。

快回到村子時，原本受傷昏迷的雲豹突然一躍而起，咬傷卡照。馬躍為了救他，奮勇上前和雲豹拚搏，雲豹因此負傷倒地。但是同時，馬躍也被逼落懸崖，千鈞一髮之際，他緊緊攀住崖邊的樹根大聲呼救。

受了傷，努力爬向崖邊的卡照，正要伸出援手的那瞬間卻猶豫了。倘若把馬躍救上來，馬躍就會和巴奈結婚，繼任為部落的新頭目，而他則會孤單心碎、一無所有；如果就讓馬躍掉下山崖，他就能把雲豹帶回村子，娶到心愛的巴奈，變成族人心目中的英雄。

看到卡照的手無力地垂在半空中，馬躍明白他內心的掙扎。兩個好朋友在決定彼此命運的生死關頭，絕望地相互凝視。最後，卡照終於下了決定……。

老師說到這裡，就停了下來。接著點名問班上同學，如果自己是卡照，會怎麼做呢？

老師先問唐安妮。唐安妮毫不猶豫地說，她會救馬躍，成全他們過幸福快樂的生活。

老師又問了班上最會跑步的王勝林。喜歡逞英雄當老大，被同學叫做「吹牛王」的王勝林說：「我會把馬躍救起來。我才不會為了女生當個卑鄙小人，女生最麻煩了！」

「如果不使點手段，也當不了『英雄』耶，你不是最喜歡別人崇拜你！」愛搞笑的胡小威插嘴說。

老師被胡小威惹得哭笑不得，接著問：「那胡小威呢？你怎麼辦？」

胡小威站起來說：「老師，我才不要把雲豹拖回家。雲豹是保育類動物，我會被抓去關啦！」

胡小威一說完，全班哄堂大笑。

「好……安靜！」老師繼續把故事說完，「卡照不希望自己帶著罪疚和悔恨過一輩子，他決定把手往前伸。但是一切都已經來不及了，當他下定決心的同時，他的好朋友馬躍已經掉入萬丈深淵。」

「啊……。」班上同學驚呼嘆息。

就在宛晶聽故事聽得正出神，沒注意到爸爸已經出現在教室外頭。當她看到爸爸的身影時，下課鐘聲剛好響起。笑容瞬間從她的臉上隱沒，原本高亢的心情，陡然摔落谷底。她背上書包，低著頭來到爸爸身邊。老師也走過來跟爸爸打招呼。

「來接宛晶回家啊？」老師笑笑地看著她和爸爸。

爸爸恭敬地點頭說：「是啊，謝謝老師的關心和教導。」

「她很有繪畫天份。」老師看著緊張兮兮的她說：「學業成績也有進步，只不過上課要再專心一點。」

「是啊。」爸爸敲了她的頭說：「這孩子常常心不在焉，注意力不知道跑哪兒去，請老師多多指導她。」說完，爸爸拍拍她的肩膀，提醒她跟老師鞠躬。

「還好爸爸忘了這個人。」宛晶擔心了一早上的「宋強」，完全沒出現在爸爸和老師的對話中。

真是太幸運啦！她高興得想飛上天。昨晚真是白哭了，很多事情根本不用過分擔心啊！自以為聰明的哥哥裝病裝半天，還不是沒用。她硬著頭皮勇敢面對，事情還不是迎刃而解。宛晶牽著爸爸的手，蹦蹦跳跳地往校門口走去。

爸爸用摩托車載她回家。坐在後座的她，享受森林裡的涼風迎面吹拂。林道兩旁都是高大的紅檜和扁柏，翠綠的樹葉在風中搖曳，看在開心的宛晶眼裡，就像葉子們在燦爛的陽光下，雀躍地跳著旋轉舞。

宛晶想起老爺爺說，樹木其實是很「活潑」的。她想，或許老爺爺是個快樂的人，才能感受樹的喜悅。不過也可能是因為，老爺爺太寂寞了，才有心思聆聽樹木在說些什麼。

她想把老師說的故事告訴老爺爺。擔心老爺爺一個人寂寞，宛晶常把生活中的點點滴滴，寫在信裡跟他分享。如果老爺爺是「卡照」，他會怎麼做呢？

想到老爺爺，她又有些悶悶不樂。自從她答應幫老爺爺保守祕密後，就經常疑惑著，究竟該做個「誠實的人」還是「守信用的人」？

「爸，到底該做個『誠實』的人，還是『守信用』的人呢？」她鼓起勇氣問爸爸。

「啊？」專心騎車的爸爸沒聽清楚。於是宛晶又把問題大聲地重複了一次。

「嗯……」爸爸想了一下才說，「這兩件事情都是重要的。如果發生衝突的話，那就要看，我們守信用的對象是誰？例如，有人做了壞事，他要求妳保守祕密，如果守信用，幫他隱瞞或者說謊，卻讓更多人受害，這樣的『守信用』就沒有意義，反而讓妳成為壞人的『幫凶』。」

「幫凶！」這兩個字從爸爸口中迸出來，讓宛晶嚇了一跳。

老師說過，有些人在大城市裡做了壞事，就會逃到森林裡躲藏。老爺爺會是壞人嗎？難道他是做了壞事，才躲到深山裡嗎？想到老爺爺教她唱歌的模樣，她突然覺得鼻頭酸酸的，有種想流淚的感覺。

11

徹夜不眠的颱風夜

暑假快到了。宛晶和哥哥約好，放假的時候再去找老爺爺。

就在學生們忙著準備期末考時，氣象局發布了颱風警報，提醒民眾要嚴防豪大雨和土石流，並且建議住在山區的民眾，必要時得緊急撤離。

胡小威一聽到颱風警報就大聲歡呼。宛晶知道他為什麼這麼高興，以往只要碰到颱風，村子裡的人就得到山下的學校去避難，學校會停課，考試也會延期。

棲雲山的森林經過長期砍伐，有些地方缺乏植被的保護，每逢颱風來襲，大雨強力沖刷，滾滾泥流就有如千軍萬馬似地橫掃村莊，沖毀房子和農田。宛晶聽老奶奶說過，幾十年前，棲雲山也發生過土石流埋村的慘劇，死了很多人。

老爺爺知道颱風警報嗎？顧不得下個禮拜就要考試，她趕緊提筆寫信通知老爺爺。

過了幾天，還沒收到回信，她開始著急起來。

風雨愈來愈大。爸爸憂心忡忡說，這可能是有史以來少見的超級強颱，整個村子的人都要撤到山下的避難所去。

「我不要去避難所啦！」恆竟搶先說：「上廁所、洗澡都很不方便，晚上蚊子又多，也沒電視看，好無聊。」

「是啊！一定要到避難所當難民嗎？」媽媽不高興地附和哥哥的意見。宛晶知道，媽媽一定在想：「幹嘛住在這種地方！」

爸爸安撫大家說：「還是去吧！不然到時候路斷了，發生什麼事情，想離開就不容易了。」

雨勢愈來愈大，雷聲隆隆伴隨著滂沱大雨，感覺整座山都在震動。

過沒多久，突然停電了，四周陷入一片漆黑。爸爸拿著手電筒，點起蠟燭，媽媽手忙腳亂地把晚餐弄好。全家人草草吃過飯後，媽媽說老奶奶身體不舒服，要宛晶拿點飯菜和乾糧過去。

到老奶奶家只要轉個彎就到了。然而風雨太大了，宛晶走沒幾步路，手中撐的傘就被強風吹得變形。等她到老奶奶家時，全身早已濕透，才扭一下衣角就擰出一灘水。

「奶奶……」宛晶叫了幾聲，又用手拍門，卻沒有回應。老奶奶家的木門關著，栓子卻沒鎖上。她推開木門，屋裡頭靜悄悄地，室內暗得伸手不見五指。

她把飯菜放在桌上。一邊叫喚「奶奶」，一邊摸索著往老奶奶房裡走去。

「嗄……」她聽到微弱的回應聲，是從奶奶的房裡傳出來的。她在黑暗中摸到房門，一拉開門，看到老奶奶躺在榻榻米上。

「奶奶，妳好一點沒？媽媽要我帶飯菜來。」宛晶屈膝在老奶奶枕畔坐下。

奶奶咳了幾聲，用手撐著想要坐起來，沒想到手臂力氣不夠，整個人倒趴在榻榻米上。

「奶奶，先躺著。」宛晶扶著老奶奶躺好。房間裡空氣不流通，有種悶悶的氣味，是屬於病人的味道。

「把燈打開。」奶奶說話有氣無力，聲音很沙啞。

「停電了，颱風來了。」

「停電了。」老奶奶點點頭，指指床邊的收音機，表示她知道颱風來了。

宛晶把收音機拿過來一聽，發覺沒聲音，可能是電池沒電了。

「奶奶，這是有史以來的超級大颱風，我們都要撤到山下的學校去耶！」

老奶奶搖頭。前幾次颱風天要撤離時，不管是村長、警察、學校的校長，甚至是爸爸來勸說，老奶奶都拒絕離開。

「真是頑固的老太婆，不管妳死活了！」又氣又急的村長曾經這樣罵過老奶奶。

一道閃電從天而降，讓黑漆漆的房間瞬間亮了一下。就在那一剎

那，宛晶發現，老奶奶的臉蒼白得毫無血色。

老奶奶會不會死掉啊？她腦中閃過這樣的念頭，頓時鼻酸起來。

「奶奶，要不要吃飯？」她的聲音有些哽咽。

奶奶搖搖頭，說吃不下。

她不忍心讓老奶奶一個人獨處，於是

靠著衣櫃靜靜地坐在一旁。房間裡黑暗靜謐，只有門窗被風雨拍打得格格作響。

耐不住沉悶，宛晶想起老師說的故事。「奶奶，我說個故事給妳聽好嗎？」

老奶奶輕輕地點了頭。

「從前有兩個好朋友，同時愛上了部落頭目的女兒。頭目給兩個人出了一道難題……」她說了「兩個好朋友」的故事，「當他想伸手救朋友時，朋友已經掉到懸崖底下了。」

故事說完了，老奶奶卻沒有反應，宛晶以為她睡著了。

過了半晌，老奶奶開口說：「其實這故事還沒結束。妳知道那人後來怎麼了？」

「啊？」宛晶連忙搖頭。

「『我不殺伯仁，伯仁卻因我而死。』妳知道這句話的意思嗎？」

「嗯。」爸爸教過她，於是宛晶回答：「就是我不想殺這個人，但是這個人卻因為我死掉了。」

「嗯。」奶奶說：「那個叫卡照的人，因為嫉妒而猶豫，斷送了好朋友的生命，他非常內疚。最後，他決定放棄心愛的人，從此遠走他鄉。」

「啊？」宛晶納悶地問：「那巴奈怎麼辦呢？」

「怎麼辦呢？唉……」老奶奶長長地嘆了口氣。

「奶奶怎麼會知道這個故事呢？」

老奶奶沒有回答。就在宛晶以為老奶奶又睡著時，她聽到細細的啜泣聲。探頭一看，發覺老奶奶半閉的眼睛流淌出汩汩淚水，枕頭上已經濕了一大片。

她驚訝得睜大眼睛，卻不敢出聲。窗外雷聲隆隆，一聲接著一聲，力道猛得讓宛晶覺得胸口都被打痛了。

過了一會兒，老奶奶才說：「那個故事就是我告訴學生的。」話才說完，就劇烈地咳嗽起來。

宛晶原本想再追問，卻聽到外頭傳來腳步聲。

「杜老師？宛晶？」是爸爸的聲音，爸爸都叫老奶奶「杜老師」。

宛晶摸黑出去，一道刺眼的燈光迎面而來，亮得讓她睜不開眼睛。原來是爸爸拿著手電筒來。她拉著爸爸的手來到老奶奶的房間。

爸爸一坐下就說：「這次的風雨很大，村長通知，明天一早就要撤到『明山國小』去。」

奶奶虛弱地搖搖頭。

爸爸嘆了一口氣，沒再多說什麼。他知道老奶奶的脾氣，說什麼都沒用。

爸爸拿出蠟燭，問奶奶有沒有燭臺。老奶奶指著門邊的小茶几。

宛晶把燭臺拿過來，心想這個形狀像手的木頭燭臺，好像在哪裡看過？

點好蠟燭，爸爸要宛晶去把飯菜拿來。父女倆坐在床沿，陪著老奶奶喝湯。離開前，爸爸還檢查門窗是否牢靠，確認後才帶著宛晶回家。

整個晚上，「轟隆隆」的雷聲不絕於耳，宛晶被驚醒好幾次。惶惶不安的她，想起老爺爺說的話，「只要真心祈禱，老天爺就會幫助你。」

她起身祈禱，希望老天爺保佑大家平安，颱風千萬別把村子沖走。她刻意選在門邊的角落跪著禱告，以免哥哥醒來看到會取笑她。不知過了多久，她才迷迷糊糊地睡著。

12

尋找肚肚先生

大雨滂沱，奔竄的泥流從山上沖下來，把整個村莊都毀了。冰箱、桌椅和衣櫃都卡在泥流裡，肚肚縮在美容椅上，驚惶地攀住扶手不放。野豬、山羌和黃鼠狼在混濁的泥水載浮載沉，連龜殼花和青蛙也在逃命。

泥水以迅雷不及掩耳的速度淹上二樓，宛晶跪在榻榻米上祈禱，可是連榻榻米都浮在水面上。她趴在窗邊求救，竟然看到老爺爺。老爺爺騎著鱷魚經過家門口，鱷魚背上還載著爸爸、媽媽、哥哥和老奶奶，但是他們卻都沒有發現她。

宛晶急得大叫：「救命啊……！」不過求救聲被傾盆大雨掩蓋了，沒有人聽見。

「快起來啦！」她的肩膀被猛力搖晃。睜開眼睛一看，是哥哥。宛晶轉頭看看四周，黑漆漆的，還在停電，一切如常，大水並沒有淹上來。她鬆了口氣，慶幸剛才的驚險場景只在夢境裡。然而，外頭的風雨依舊聲勢驚人。

「快起床啦！爸爸說，山路斷了，要我們趕快下山。」哥哥用力扯開她的棉被。

「天亮了嗎？」她揉揉眼睛，屋裡屋外都是一片黑。

「四點多了。快點啦！」恆竟打開衣櫥，拿些衣服塞進包包，就「ㄆㄧㄥㄆㄧㄥㄆㄥㄆㄥ」跑下樓去了。

宛晶下樓一看，大廳點了煤油燈，原本排得整齊的美容椅都被推到角落，門口擺了好幾個裝得鼓鼓的背包，還有一箱箱罐頭、泡麵，兵荒馬亂地像是要打仗一樣。爸爸媽媽神色緊張地進進出出，李媽媽、胡小威和胡媽媽都擠在門口。

「ㄟ，要逃難了，妳還特別設計一個沖天炮頭喔？」胡小威嘲笑宛晶還沒來得及梳理的頭髮。

宛晶瞄了他一眼，心想「都什麼時候了，還有心思笑別人，真幼稚！」胡小威的爸爸在台北工作，來不及趕回來。胡小威的媽媽臉色蒼白地站在一旁，看起來很無奈。

「你們快點準備，我先載小威和胡媽媽他們下山去。」爸爸一邊說話，一邊拎著背包快步走出去，胡小威和胡媽媽也跟著往外走。

媽媽忙著打包食物和衣服，連珠炮似地說：「沿路有好幾個地方坍方，大車已經過不去了，只能靠小車。你爸爸、村長家的阿義和李伯伯負責把人分批載下去。你們趕緊準備自己要帶的東西，快點！」

看媽媽忙得不可開交，宛晶也不知道該做什麼，只好去把書包拿過來，胡亂裝了幾本課本和參考書，還帶了畫筆和調色盤。

不知道老奶奶起床沒？趁媽媽忙進忙出，她背起背包一溜煙地跑到老奶奶家。滿地泥濘讓她舉步維艱，得小心走，才不會陷進爛泥裡。

床邊的蠟燭已經熄了，老奶奶還是虛弱地躺在榻榻米上。

「奶奶。」她輕輕搖著老奶奶。

奶奶轉過身來，緩緩地睜開眼睛。

「奶奶，快點起來，我們要走了。」宛晶不死心，拚命跟老奶奶撒嬌，希望她能改變心意。

奶奶還是搖頭。

「這是超級大颱風，路快斷了，再不走就來不及了。」宛晶急得動手拉起老奶奶。

老奶奶是那麼瘦弱，小小的宛晶就可以把她拉起來。

「沒關係。」老奶奶坐起身來，靜靜地看著宛晶。「他很高興有妳的陪伴，謝謝妳……。」老奶奶的眼中閃爍著淚光。

「奶奶在說什麼？」宛晶聽得一頭霧水。

老奶奶從枕頭下拿出一個信封說：「幫我拿給爸爸好嗎？」

宛晶把信封裝進口袋，又說：「快點！爸爸的車子快回來了。」

「妳是個善良的孩子，老天爺會幫助妳的。」老奶奶說著，眼淚又撲簌簌地掉下來。老奶奶說話的語氣像在告別，宛晶也跟著紅了眼眶。

「快點回家，路上要小心。」老奶奶一再催促她。

臨走之前，她幫老奶奶倒了門邊的尿壺，又放了一杯水在床邊，才依依不捨地離開。

還沒到家門口，她就看到媽媽站在門外東張西望。媽媽一看到她，就瞪著她著急地說：「都什麼時候了，還讓人操心！」

就在媽媽還要繼續斥責她時，突然傳來緊急煞車的聲音，全身濕淋淋的爸爸從車上跳下來，慌慌張張地對媽媽說：「王太太快生了，痛得呼天搶地，妳快過去幫忙！」

媽媽急忙拎起行李，拉著宛晶上車，還吩咐摯後的恆竟把門窗關好。

「肚肚呢？肚肚哪去了？」上車前，宛晶發現肚肚不見了。恆竟衝進屋內，四處尋找，卻毫無所獲。

「先走吧！再不走就來不及了。」爸爸催促他們趕緊出發。

傾盆大雨打在擋風玻璃上，前方的路一片霧茫茫。車子在蜿蜒的山路上疾駛，一個轉彎後，爸爸忽然緊急煞車，力道又急又猛，全車的人都晃得東倒西歪。「ㄆㄥ」地一聲，宛晶的前額狠狠撞在車窗上，又痛又麻，原來前面有棵橫倒的樹木擋路。

沿途驚險萬分，讓人提心吊膽，好不容易才抵達收容所。

「明山國小」的大禮堂是他們的臨時避難所。禮堂裡有備用發電機，所以燈火通明，一片鬧哄哄地。有人正在拖地、鋪墊子，還有人忙著用大鍋子煮熱湯。

爸爸帶他們到禮堂角落。宛晶看到「吹牛王」王勝林低著頭蹲在牆邊，王媽媽躺在墊子上哀嚎。身旁有個人在照顧她，那人一回頭，讓宛晶愣了一下，是「唐安妮的媽媽」汪老師。

宛晶偷瞄了媽媽的表情，媽媽看起來似乎有些尷尬。

「狀況怎麼樣？」爸爸蹲下來問。

「趕快送去醫院比較好。」汪老師著急地跟爸爸說明狀況。

「那就快吧！」爸爸招手要李伯伯過來，兩人合力把王媽媽抬上車。

「妳跟我去，孩子們先留在這裡。」爸爸要媽媽跟著到醫院去。

「我也去吧。兩個人有伴，可以輪流照顧。」汪老師回頭看著唐安妮說：「安妮就和恆竟、宛晶待在一起好嗎？」唐安妮乖巧地點頭。

爸爸看了媽媽一眼，媽媽又看了不斷哀嚎的王媽媽，勉為其難地說：「好吧！」

媽媽臨走前，一再叮嚀兄妹倆不可以亂跑。

宛晶目送爸爸的車漸行漸遠。後頭有人拍她的肩膀，轉身一看，竟然是唐安妮。唐安妮招呼她和哥哥過去休息，還拿了餅乾請他們吃。

坐在唐安妮旁邊，宛晶覺得有些困窘，有些手足無措。

「前陣子我媽住院了，很謝謝徐伯伯幫忙。」唐安妮先開口說話。

宛晶還不知道怎麼接話，哥哥立刻接口說：「沒什麼啦，汪老師一直很關心我，這是應該的。」

宛晶想，哥哥真是愛說場面話。爸爸為了送汪老師去醫院，趕不上結婚十五週年的晚餐，害得爸媽大吵一架，差點刀叉相向呢！而她為了藏刀叉，還掉到山坡底下，才會遇到老爺爺。

怎麼辦？想到老爺爺，宛晶忍不住心急。

她看看恆竟，哥哥正專心聽著收音機。「降雨量已經累積到一千五百毫米，有個村子被土石流淹沒了耶！」

「真的嗎？風雨那麼大，老爺爺怎麼辦？」宛晶擠在哥哥身邊，搶著聽收音機。

恆竟聳聳肩說：「能怎麼辦？我們又沒辦法去救他。」

哥哥真是貪生怕死，老是吵著要去找老爺爺，現在老爺爺面臨災難，他卻毫不關心，真是一點義氣也沒有！宛晶在心裡抱怨著。

過了一會，村長的大兒子阿義走過來，說要點名。

「我來清點一下人數，到的人就喊『有』。可愛的『洗碗精』在這裡，『洗乾淨』也在，很好。你爸跟你媽呢？」

「他們送王媽媽到醫院去生小孩了。」

阿義在名冊上打勾勾，「對喔，你們全家都到齊了，還有誰沒到嗎，趕緊舉手？」阿義半舉著右手，搞笑喊「有」，他大概覺得這樣很幽默，宛晶卻不認為有什麼「笑點」。

恆竟突然舉手說：「阿義哥，我們家的肚肚走失了，可不可以讓我們回去找啊？」

「嗯？」阿義表情誇張地說：「『洗乾淨』，雖然說『１０１忠狗』是人類的好朋友，不過呢，很多阿公阿嬤想要死守家園，不願意撤離，我們很頭痛耶！現在還要想盡辦法把他們一個一個救出來，司機和車子都不夠。再看看情形ＯＫ？」

聽到阿義拒絕哥哥的要求，宛晶不禁有些失望。

阿義才轉身離開，她就看到唐安妮端了兩碗湯，小心翼翼地走過來，哥哥連忙起身把熱湯接過來。

唐安妮甩甩手，甜甜地笑說：「好燙喔！我把湯裝得太滿了。」

哥哥看了宛晶一眼。她知道，哥哥想說：「妳看吧，她人很好的，幹嘛那麼小心眼。」

宛晶慢吞吞地啜著湯，心裡有些愧疚。在學校的時候，她很少跟唐安妮說話，總覺得她有點驕傲。可是近距離相處，發覺她很親切，會主動照顧人，或許哥哥說得對，她不該對唐安妮存有偏見。

在避難所沒什麼事情做。哥哥一邊聽收音機，一邊用手掩護，不知在寫些什麼。

「寫什麼啊？這麼神祕？」哥哥不理會她，把身體轉向另一側繼續寫。

「哼！了不起！」宛晶覺得無聊，決定四處繞繞，想說或許可以找到肚肚。她抱著一絲希望，希望肚肚已經先跟著別人的車下山了。

在禮堂裡避難的人，來自好幾個不同的村子。有人專注聽著收音

機，了解最新的颱風動態；也有些人三三兩兩聚在一起聊天、玩牌、吃東西，還有人掛上蚊帳睡覺。

「沒辦法，都勸不下來。好幾個地方都坍方了，落石清都清不完，車子快過不去了，真是固執的老太婆……」宛晶聽到村長、阿義和兩三個大人，氣急敗壞地在討論「固執的老太婆」，不禁拉長耳朵仔細聽。她猜他們是在講「老奶奶」。

宛晶三步併成兩步跑回休息區，看到哥哥正和唐安妮竊竊私語，末了還遞了一張紙條給她。

宛晶得意地想，哈哈，談戀愛，被我發現！剛剛就是在寫情書給唐安妮嗎？難怪怕我看到。以後再敢取笑我，我就有祕密武器可以反擊了。

看到宛晶回來，哥哥和唐安妮的表情變得很不自然，更加深了她的懷疑。

「妳去哪裡了？」哥哥假裝鎮定地問。

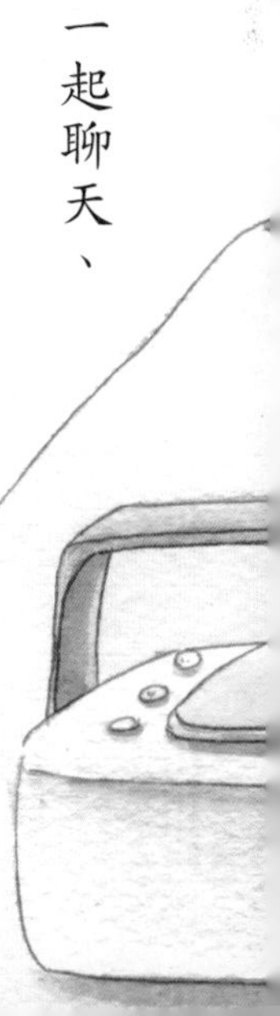

「村長說，老奶奶堅持不肯下山，他們很頭痛。」宛晶答非所問地指向村長。

「真的嗎？」哥哥看著宛晶手指的方向，眼珠骨碌碌地轉。他站起來，大步走向村長，硬擠進大人講話的圈圈裡說：「帶我們去找老奶奶吧！她最疼我和宛晶了。」

「不是吧！『洗乾淨』，你一定想趁機回去找肚肚先生吧？」阿義自以為識破了哥哥的詭計：「現在是救人的緊急時刻，小朋友乖乖待在一旁就好。」

「肚肚可以一塊找啊！老奶奶真的最疼宛晶和我。不信你問她。」哥哥指著宛晶說。

她順著哥哥的意思點頭，還想不出該怎麼接下去，沒想到在一旁的李伯伯說話了，「這倒是真的。杜老師的確很疼這兩個孩子。以前怎麼勸都沒用，這次我們可以用小孩去勸勸看，或許可以打動她。」

哥哥一聽，馬上催促說：「那就事不宜遲，快走吧！」

不知何時跟過來的唐安妮滿臉憂慮地叮嚀：「小心一點喔。」

恆竟害羞地點點頭。宛晶跟在後頭，小聲地取笑哥哥說：「偷偷戀愛喔！被我發現了。」

恆竟沒好氣地拍她的頭說：「幼稚！」

大人們決定由李伯伯帶他們上山。當車子發動的那一刻，宛晶在心裡歡呼「賓果！」她看到哥哥表面上不動聲色，眼裡卻閃爍著勝利的光芒。

13

老奶奶的信

李伯伯走的山路，幾個小時之前爸爸才開車帶他們走過。當時天色還暗，看不清沿途的狀況。現在兩兄妹坐在車內，看到外頭的景象，頓時覺得驚心動魄。

有些樹幾乎被連根拔起，只剩一些細根還抓住地面，粗壯的枝幹被風折斷，整棵樹倒在地上，看起來像是被風雨摧殘得奄奄一息的大巨人，慌亂地揮舞著斷臂殘肢做垂死前的掙扎。在宛晶看來，就像是好朋友受了重傷，心裡很難過。

狂風吹得車子亂晃，讓李伯伯差點抓不穩方向盤。快靠近棲雲村時，車子突然卡住不動了。李伯伯連忙下車查看。

「怎麼了？」宛晶探頭問。

「糟了，車子陷進爛泥裡動不了。」李伯伯氣急敗壞地說。

「怎麼辦？」宛晶著急地問。

「傻呼呼，還能怎麼辦，下來推車啊！」恆竟打開車門，推宛晶下車。

李伯伯在附近撿了一些石塊，墊在車輪底下，要恆竟坐進駕駛座，握穩方向盤，然後猛踩油門，他和宛晶則在車後頭用力推車。

「哥哥會不會衝到山下去？」雖然兄妹倆平常很愛鬥嘴，但是關鍵時刻，宛晶還是很為哥哥擔心。

「不會啦。我會幫忙拉住方向盤。萬一有什麼狀況，你知道怎麼踩煞車吧？」李伯伯探頭問恆竟。

「爸爸教過我。」橫竟緊握方向盤，一臉篤定的模樣。宛晶想，哥哥真奇怪，愈危急的時候，他反而愈鎮定。

「ㄑㄧ……ㄑㄧ……」輪胎在泥濘地上空轉了幾圈，濺了宛晶一身泥。不過這時候也顧不了這麼多了。

試了好幾次，車子卻愈陷愈深。豆點大的雨滴瘋狂打在宛晶臉上，痛得她睜不開眼睛。

頭頂上突然發出隆隆聲響，緊接著兩三顆大石頭沿著山壁「轟隆隆」滾下來，李伯伯趕緊把恆竟拉出車外，三個人沒命似地往前衝。

三個人用盡氣力跑了一段路，回頭一看，車頂已經被大石頭壓凹了。宛晶嚇得說不出話來，當她轉頭看哥哥時，發覺哥哥也楞住了。

「好險，我們差點就被壓扁了！」李伯伯不遺憾自己的車被壓爛，反而慶幸他們死裡逃生。

李伯伯叮嚀他們：「快到村子裡，你們先去找杜老師，我到附近找找看有沒有人可以幫忙。」

宛晶和哥哥用手護住頭，跑得又急又快，踩過爛泥、跳過水窪，就算被風吹得仆倒在地，還是爬起來繼續跑，好像背後有怪獸在追趕他們似地，一點也不敢鬆懈。直到他們跑回家門口時，已經喘得快要

斷氣了。

門前堆滿爛泥和殘枝落葉，幸好門窗沒破。

「先找肚肚。」恆竟喘著氣拉開木門。兩人一進門就四處找，還是不見肚肚蹤影。恆竟無奈地把門關好，拉著宛晶往老奶奶家跑。

老奶奶的家一片陰暗，毫無人聲。不過窗玻璃被打破了，雨水「ㄙㄚ ㄙㄚ ㄙㄚ」地潑進來，屋裡的水已經淹到腳踝了。宛晶跟哥哥涉水走進老奶奶的房間，卻沒看到奶奶。

「奶奶……」兄妹倆在屋裡來回繞了幾遍，都不見老奶奶的蹤影。

「難道老奶奶已經下山了？」宛晶疑惑地問。

「不可能！我們上山時沒看到有任何車輛下去啊！而且老奶奶下山一定會去找我們。」恆竟的語氣很肯定。

「我早上來看她的時候，奶奶也說不想離開啊。對了，她拿了一

封信要我交給爸爸。」

「信？在哪裡？」

宛晶拿出老奶奶交給她的信。恆竟一把搶過去，粗魯地把信拆開。宛晶急得想把信搶回來說：「ㄟ，不行啦，奶奶說信是要交給爸爸的。」

「現在這麼緊急，或許奶奶在信中有交代去處啊！」恆竟攤開信紙，邊說：「這該不會是奶奶的遺書吧？」

遺書？宛晶嚇得把手縮回來。今天一早到現在，始終處於兵荒馬亂的狀態，她也忘了把信拿給爸爸。

哥哥低頭看信，宛晶也湊過來。信紙上只有幾個字：

烈焰參天　化夕如畫
天湖彼端　仙履之夢

看完後，兄妹倆面面相覷，滿臉疑惑。

「是謎語嗎？」宛晶問。

恆竟搖搖頭說：「就這樣嗎？老奶奶還說了什麼？」

「說什麼？」宛晶哭喪著臉說：「對了，她說……說『他應該很高興妳的陪伴』，然後謝謝我。」

「很高興妳的陪伴？謝謝妳？」恆竟的眼珠子又轉個不停了，「陪伴誰？」

「是啊，陪伴誰？」宛晶不停地點頭回應哥哥：「我也不懂老奶奶的意思。」

「她說的『他』，是指『蘑菇祭壇』那邊的老爺爺嗎？」

「老奶奶認識老爺爺？」宛晶更困惑了。她瞥見了小茶几上的手形燭台，糾結成一球的謎團找到線索了。她恍然大悟說：「對了，那個燭台是一對的，另外一個在老爺爺那裡。」

「什麼燭台？」

「等下邊走邊說。我們快點出發吧！」宛晶興奮地催促哥哥。

「好，出發！」恆竟語氣堅定地說。

14 樹洞裡的祕密

如果宛晶的生命之中，有什麼難忘的大冒險，全都跟老爺爺有關係。

全身濕透的兄妹倆，先回家穿好雨衣雨鞋，再全副武裝地走上林道往深山裡去。平常的林間小徑，變成湍急的泥流，兩個人彎著腰氣喘吁吁地逆風行走，感覺非常吃力。

高大的樹木，隨著狂風暴雨的魔咒起舞，就像猙獰可怕的惡魔。很多樹木被連根拔起，倒臥在地，擋住了去路，宛晶和哥哥必須繞路走才行。

「可是哥哥……」宛晶的腳步雖然往前走，心裡卻「咚咚咚」地打著退堂鼓，「我不認得路啊！那天我迷路了才找到那座湖。而且當時是晚上，什麼都看不清楚。」

「我們就碰碰運氣吧。」哥哥沒有回頭的意思。

身上雖然穿著雨衣，不過冰涼的雨水還是從臉頰和脖子兩側流進身體裡，讓宛晶冷得直打哆嗦。她緊緊抓住哥哥的手，艱難地把腳從爛泥裡拔出來，一步一步往前走。天空連續出現幾道閃電，陰暗的林子頓時亮如白晝。

「蹲下！」宛晶聽到哥哥驚叫一聲，還來不及反應，「ㄏㄨㄥ ㄏㄨㄥ ㄏㄨㄥ」的雷聲緊接而來。哥哥急忙拉著她趴下，用手護住頭。

震耳欲聾的爆炸聲從空中傳開來，一陣火光染紅樹林，緊接著一棵參天巨木散成碎片四處飛濺。

過了好久好久，他們才敢抬起頭來，兄妹倆被噴得全身都是碎木屑。

「老天爺生氣了嗎？」宛晶看得瞠目結舌，遺憾地說：「一棵神木就這麼被劈死了。」

「還好雨大，不然可能會引發森林大火呢！」看著橫倒在前方的大樹擋住去路，恆竟無奈地說：「這下要爬上樹幹繞過去了。」

他帶頭，攀住樹身往上爬，再把宛晶拉上來。

被劈開的樹身還在發燙。當宛晶趴在樹上時，她似乎能感覺大樹的呻吟和嘆息。她輕撫身受重傷的大樹，不過樹幹炸開的地方，形成了銳利的刀鋒，在她手臂上留下鮮紅色的血痕。

恆竟抓著她問：「很痛嗎？」

宛晶看著焦黑的樹幹說：「大樹比較痛吧！」

恆竟早已習慣妹妹的「古怪」，聳聳肩不以為意。他翻過樹幹，縱身往下跳，滿地爛泥濺得他一身土黃。他要宛晶跟著跳下來。可是她看著腳下的泥水窪，顯得有點膽怯。

就在她裹足不前時，忽然聽到「ㄨㄤˋ ㄨㄤˋ ㄨㄤˋ」的叫聲。

宛晶左顧右盼，看到肚肚從前面飛奔過來。肚肚已經變成一條小黃狗了，先前媽媽幫牠染的七彩毛色，都被爛泥污水覆蓋了。

「是肚肚耶！」宛晶顧不得底下的污泥，隨即縱身往下跳。

「肚肚……」她不捨地摟著肚肚，沾得一臉黃泥巴。肚肚「ㄠㄨ」兩聲往後退，宛晶仔細檢查才發現，肚肚身上也有傷痕。她忍不住責怪肚肚說：「跑哪裡去了，害我們擔心死了！」

肚肚不停狂吠，看起來很著急，往前跑了幾步後又回頭，示意兄妹倆跟上來。

泥流不斷往下沖，每走兩步就會被沖得倒退一步。肚肚愈跑愈急，宛晶跟不上，差點跌倒。她大聲叫喚，要肚肚慢一點，才一開口，就被迎面打過來的雨水嗆得不停咳嗽。

就在宛晶覺得快喘不過氣時，肚肚停了下來，往山坡底下猛吠。兄妹倆還來不及喘口氣，就看到山坡底下，有個披著灰色斗篷的人俯臥在那裡。

「奶奶……」宛晶認出老奶奶灰白色的長辮子。不管山坡濕滑陡峭，她只急著往下衝。

「等等……」恆竟拉住她，然後從背包裡拿出繩子，一邊綁在大樹上，另一頭綁住宛晶。

她驚喜地說：「哥，你帶雜貨店出門嗎？」

恆竟不以為然地反問說：「妳沒當過童子軍嗎？這些本來就是要準備的啊！拉住繩子往下滑，慢慢的。」

等宛晶平安到達山坡底下，恆竟也跟著爬下來，而肚肚早就連滾帶爬地滑下來了。

宛晶急忙將老奶奶翻過身，用手枕住她的頭。老奶奶全身濕淋淋，臉上還沾了污泥和落葉。恆竟伸手探探她的鼻息，鬆了口氣說：「好險。」

他起身左右張望說：「我先去找個遮風避雨的地方。」

過沒多久，他跑回來宣布說：「那邊的樹底下有個洞，我們把奶奶移到那裡去。」

恆竟脫下雨衣做成擔架，再輕輕地把奶奶移到上頭，和宛晶一前一後地抬著走。

原本高大粗壯的巨木，不知道什麼原因，攔腰折斷，只留下三、四公尺高的樹身。恆竟找到的樹洞就在枯死的樹幹底下。橫倒的樹身，傾斜靠在樹洞頂上，像個蓋子，讓雨水不至於直接打進樹洞裡。

恆竟拿出手電筒檢查洞裡的狀況。洞裡有些潮濕，裡頭長了一些苔蘚和野菇，不過卻是非常理想的避難所，落葉散落一地，像是天然的床墊。

「太好了，把奶奶搬進來吧。」恆竟發號施令，兩人又一前一後將老奶奶抬進樹洞裡。

雖然是臨時的避難所，但是在暴風雨中有個地方可以躲藏，讓宛晶覺得非常幸福。她想，如果這時候有熱牛奶喝就更好了。

「奶奶為什麼會來這裡啊？」她納悶地問。

「找老爺爺？」恆竟用嘴型示意，小小聲地回答。

奶奶為什麼會認識老爺爺？難道山櫻花樹下的信件都是奶奶幫忙送的嗎？老奶奶說，「他」一定很高興妳的陪伴？那個「他」指的就是老爺爺嗎？宛晶看著老奶奶沉睡的臉，有滿腹的疑惑不解。

「老爺爺不知怎麼了？」她擔憂地說：「我們現在怎麼辦呢？」

恆竟聳聳肩說：「等風雨小一點再說吧。」

「爸媽不知道回來了沒？」

恆竟搖搖頭沒說話。

哥哥好像很累了，連話都不太想說。宛晶閉上眼睛，聞著樹洞裡潮濕的味道，聽著外頭的風雨聲，回想這一兩天的東奔西跑，真是辛苦啊，想著想著不知不覺地睡著了。

她夢見爸爸來接他們回到「明山國小」的禮堂，連老爺爺也在那裡。大家開心地聚在一起喝湯，而那鍋熱湯是用剛採下的新鮮蘑菇煮的，好喝得連肚肚都把臉埋進湯碗中，把碗底舔得一乾二淨。肚肚滿臉沾滿湯汁殘渣的模樣，真的好好笑喔！

她覺得好像有人在推她，睜開眼睛一看，是哥哥。

「唉，妳怎麼老是連作夢都在笑。夢見吃雞腿嗎？」睡了一覺後，哥哥的精神變好了，又開始取笑她：「快起來，奶奶醒過來了。」

宛晶睡眼惺忪地靠過去，拉著奶奶的手臂撒嬌。

老奶奶笑了，卻微微皺著眉頭。恆竟拉開妹妹的手說：「小心一點，奶奶可能受傷了。」

宛晶趕緊把手收回來，規矩地背在背後，像在懲罰自己的衝動。

老奶奶看看四周，虛弱地問：「這是哪裡？你們怎麼找到我的？」

宛晶把他們重回山上，車子被落石壓扁，後來遇到肚肚帶路才發

現奶奶的經過講了一遍。

嘰哩呱啦說完之後，她忽然安靜下來。其實她很想問老奶奶，為什麼會跑到這裡來？是不是認識老爺爺？她急著想把滿頭問號一股腦兒地全拋出來，可是看到老奶奶說話有氣無力的樣子，又忍住不敢問。

奶奶聽她講完後說：「我不曉得牠一直跟在我後面。掉到山下時，我連動都動不了，多虧了肚肚帶你們過來。」老奶奶摸摸肚肚的頭說，「肚肚是我的救命恩人呢！」

「是救命恩『狗』才對。」恆竟想逗老奶奶開心，調皮地說：「奶奶，妳身上帶著飯糰對嗎？肚肚最喜歡吃奶奶做的飯糰了。」恆竟拿出背包裡的水壺，倒了一杯水餵奶奶喝。接著又拿出巧克力，分給每個人一小塊。

「哥，你來開雜貨店嗎？」

「哼，這是野外求生的常識好嗎！」兄妹倆又鬥起嘴來。

「躺在潮濕的樹洞裡，靜靜聽著外頭的風雨聲，真是特別的遭遇。」老奶奶喝了水，吃了巧克力以後，精神好多了，說話也比較有元氣。

「奶奶認識宛晶說的老爺爺是嗎？」哥哥竟然大膽地問了，嚇了宛晶一跳。奶奶會不會發現，她委託的信還沒有交給爸爸，卻讓哥哥先偷看了呢？她對於沒把老奶奶交代的事情做好，感到自責。

「唉，你真是個聰明的孩子。宛晶也是啊。」老奶奶嘆口氣說，「畫畫的時候，老師會教說，比較靠近的山啊、樹啊，輪廓和顏色都要畫得比較清晰，比較遠的景就要模糊一些。因為愈近的東西總是看得愈清楚，不是嗎？不過對我來說，愈是年輕時候的事情，我反而記得愈牢，就像昨天才發生似地，一切都歷歷在目。」

老奶奶停了一下，又說：「那些美好的回憶陪伴著我，讓我即使孤獨生活了一輩子，也不覺得遺憾。唉……。」奶奶重重地嘆了一口氣。

在昏暗的光線下，宛晶看到奶奶的眼裡閃爍著晶瑩的淚光。隨後，老奶奶的祕密也隨著汩汩流出的淚水傾洩而出。

15
咬人耳朵的女巫

十歲那年，奶奶跟著她的父親來到棲雲村。當時的棲雲山是個很重要的林場，而棲雲村正是伐木工人落腳的聚落。老奶奶的爸爸到這裡當老師，教導工人們的子女讀書。

住在山上，生活物質很缺乏，吃的穿的用的都得靠自己。教室必須自己蓋、課桌椅得自己做，就連每天吃的菜都要自己種。學生們每天輪流去廁所挑肥，到菜園澆水、施肥。

老奶奶剛從城裡來到山上，穿著、口音都跟村子裡的小孩不太一樣，有些同學常會趁老師不注意時，故意作弄她。

「當時的我，年紀跟宛晶差不多吧！有一次輪我當值日生，得去廁所挑肥。山上的廁所很克難，讓我很不習慣。每次要上廁所時，我總是一忍再忍，忍到受不了，只好捏住鼻子，匆匆跑進去，再趕快出來。每每輪到我挑肥的前一晚，我都會忐忑不安，一整個晚上都睡不好。」

那些老舊廁所至今依然存在。宛晶看過，就是用簡陋的木板隔出一間一間，然後往地面挖個土坑，土坑兩旁再用木板墊高，就是老奶奶形容的克難廁所了。

「原本要當值日生的洪君偉那天請假了，因此老師派了張明和我一起去挑肥。從廁所到菜園要走很長一段石階路，當時的階梯就是用石塊一塊一塊墊出來的。那天，我小心盯著石階，一步一步慢慢走，眼看差一兩步就到菜園了，沒想到忽然間腳踩了空，整桶的……『肥料』也潑了我一身。」老奶奶想起當年的窘況，蒼白的臉竟然泛起微笑。這一笑讓宛晶驚覺，老奶奶這陣子的病，讓她瘦到連臉頰都深深凹陷。

「當時我還是個小女生，很愛面子的。我慌得不知所措，只是傻傻的一直掉眼淚。張明看了，叫我在原地等著，自己回去提水來給我清洗，又幫我帶了乾淨的衣服來。對我來說，小小的張明表現得像個大英雄。」

外頭的風呼呼地吹著，受了傷的老奶奶，躺在落葉草墊上，表情

像個天真的小女孩。宛晶一直在腦海中描繪老奶奶小時候的模樣？還有那個叫「張明」的同學長什麼樣子呢？

「張明向來沉默寡言，我以前幾乎沒有跟他說過話。回到學校以後，他什麼也沒說，那件事變成我們之間的祕密。相較於其他作弄我的同學，他顯得成熟懂事。我開始會找機會跟他聊天。後來我才知道，他很小的時候父母就過世了，跟著爺爺在山上生活。

「他很少跟同學往來，平常在班上比較要好的同學，就是坐在隔壁的洪君偉。洪君偉是校長的兒子，我們總是輪流擔任班上的班長和副班長，班上的同

學都作弄我們是『金童玉女』。唉……。」老奶奶說到這裡，嘆了口氣，閉上眼睛停頓了一會兒。

「畢業後，我和洪君偉到城裡繼續升學，張明留在棲雲山工作。放假時我會回山上看爸爸，也會去找他。有一次，他帶我去一個地方，說是只有他知道的祕密基地。那是我第一次看到那麼漂亮的花，還有兩棵緊緊相依的夫妻樹。當然，還看到那座傳說中的『祭壇』。」

宛晶恍然大悟地說：「漂亮的花？就是『仙履鞋之夢』對嗎！原來『張明』就是老爺爺。」她記得老爺爺說過，他的爺爺是樹靈祭的祭師。

老奶奶點點頭，表示宛晶都猜對了。「他跟一般的年輕人不太一樣。大家都想離開棲雲村出去闖闖看，唯獨他不想。他說，住在山裡可以安他的心。心情鬱悶時，他會跟大樹說話，就像跟好朋友傾訴一樣。」

喜歡跟樹說話？那不就跟我一樣嗎？宛晶想。

恆竟指著她說：「她也會對著樹碎碎念啊，還會跟發芽的蘿蔔、馬鈴薯和地瓜說故事。難怪她會跟老爺爺變成好朋友。」

老奶奶笑了，咳了幾聲後接著說：「其實他並不適合當伐木工人。每當他看到樹被砍倒，總覺得心如刀割，就像看到好朋友受傷流血一樣，很心疼。

「我和洪君偉畢業後，先後回到村子裡教書。張明對樹的感情，引起洪君偉的共鳴。洪君偉還說，砍樹會對生態環境造成很大的破壞。唉！我曾經以為，我們三個會是一輩子的朋友，那年我才二十歲。沒想到，有天洪君偉的爸爸來家裡提親，爸爸很高興地答應了。我要嫁給洪君偉的消息很快地傳遍整個村子。之後，張明就開始躲著我。」

有小蟲子在宛晶耳邊「嗡嗡嗡」地飛舞，但是她聽故事聽得入迷，根本懶得理會，只是專注地看著老奶奶。

「那陣子我很難過，睡不著也吃不下，整個人一直消瘦，沒人知道發生了什麼事。有一天我終於鼓起勇氣，在張明回家的路上等他，跟他表示了我的心意。唉……」奶奶的表情有點害羞又有點難過，說：「他卻告訴我，自己沒唸什麼書，只是個林場工人，不能讓我幸福，祝福我好好當君偉的新娘子。當時我又羞又氣，就哭著跑回家了。」

老奶奶皺了一下眉頭。恆竟連忙問：「奶奶要不要休息一下？」

老奶奶搖搖頭。宛晶感覺褲子濕濕的，往地上一看，原來泥漿已經淹過樹葉，再晚一點，老奶奶躺的落葉床墊，可能就會變成水床了。

「哥，怎麼辦？水淹起來了。」宛晶起身半蹲著，讓屁股離開潮濕的泥地。

恆竟拿出背包裡的衣服，一件件重疊鋪在地上，再把老奶奶移過來坐著。

一切都安頓好之後，老奶奶又繼續說：「我和洪君偉的婚事，就按照父母的計畫開始籌備了。我幾乎沒有再見過張明。過沒多久，村子來了一個大颱風，可能比這次的颱風還大……」奶奶說著，朝洞口看了一眼，「颱風造成了土石流，活埋了好幾戶人家，死了很多很多人。洪君偉四處遊說，希望廢掉林場，要大家別再砍樹了。他說，就是因為砍樹，才會造成那麼嚴重的土石流。可是村子裡的工人都是靠伐木為生，即使他是學校老師，也沒有人理會他說的話。」

不知道為什麼，宛晶的耳朵又癢了。難道老爺爺出事了嗎？當她腦中閃過這個念頭時，眼皮也開始狂跳。她用手壓住眉心，不由得擔心起來。

「有一天，洪君偉約了我和張明碰面。他說，他想炸掉運送木材的鐵軌和火車，讓棲雲村的樹木再也運不出去，這樣大家就不會再砍樹了。原本我以為，張明會勸阻他，但是他竟然表示支持。張明是林場的小主管，答應輪他值班時，幫忙打開炸藥倉庫的門鎖。」

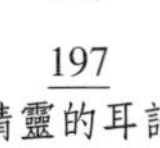

「啊……」宛晶嚇得目瞪口呆，急忙問：「結果呢？炸掉火車了？」

老奶奶表情沉重地點頭，說：「是啊，不僅炸掉火車，君偉也把自己炸死了。他沒有估算到炸藥的威力是這麼大，爆炸時不僅炸傷自己，還引發了森林大火。由於傷勢過重，還來不及送到醫院就……就走了。他和張明的交情，村子裡的人都知道，當警察著手調查這個爆炸案時，當天晚上負責保管鑰匙的張明，立刻就被通緝了。」

「警察也約談了我。但是負責調查的警員是爸爸的學生，不知是有意還是無意，他把我列為不知情的人，追查的重心都在張明。發生森林大火那陣子，村子裡一團亂，大家忙著疏散、救火。而張明竟然偷偷來找我。你們一定覺得奇怪，為什麼他能瞞過眾人的眼睛？」老奶奶故作神祕地問。

「為什麼？」宛晶和恆竟不約而同地問。

「都靠你們的爺爺幫忙。」

「爺爺？」兩個小孩同時驚呼起來。爺爺在他們小時候就過世了，而奶奶竟然認識爺爺。

「我們兩家的後頭是相通的。你們的爺爺年輕時跟著張明在林場學習，他很信服張明，幫他從你們家的二樓爬進我家。當時張明走投無路，如果被抓走，肯定凶多吉少，因此來找我告別。我靈機一動，想到那個幾乎沒人知道的『祭壇』，求他先躲在那裡避避風頭。」

「就是那個暗無天日的小房間？」宛晶問。

老奶奶先是搖搖頭，想想又點頭說：「張明的祖父是樹靈祭的祭師，曾經告訴過他有個神祕的祈禱室，但是情急之下的張明，卻找不到那個小房間，因為實在太隱蔽了。結果，有隻黃鼠狼救了他。那隻黃鼠狼誤中獵人的陷阱，受了傷從山洞那頭鑽進去，最後死在小房間裡。躲在祭壇裡的張明，聞到了黃鼠狼屍體發出的腐臭味，東翻西找，終於發現了高台底下的祕密通道。」奶奶淡淡地笑了一下，「警察後來也追到『祭壇』那邊去。但是他們不知道還有個密室，讓張明

逃過許多次突如其來的搜捕。」

「爺爺也說，後來都不舉行樹靈祭，沒有祭師，因此也沒人知道那個密室。如果還維持『祭樹靈』的傳統，或許就能找到他了。」宛晶插嘴說。

「去找爺爺很危險對嗎？」恆竟指指宛晶說：「她去的時候，差點掉到湖裡淹死。」

「是啊，他不希望我去看他，擔心路途危險，也怕被別人看見會連累我。原本那裡有座老舊的吊橋，被大火燒斷了。張明做了一艘小小的獨木舟，藏在湖畔的樹叢裡。說來可憐，我常在深山裡迷路，有時候是獨木舟沒控制好，卡在湖中央動彈不得，很無助。在那當下，唯一能做的，就是流著眼淚在濃霧中祈禱。」老奶奶淡淡地說：「不知怎麼，最後總會平安到達。」

宛晶想，難怪老爺爺說，如果誠心祈禱，願望就會實現，原來是老奶奶的親身體驗啊。

老奶奶說到這兒，突然笑了起來，說：「我常在夜闌人靜時，用灰色圍巾蒙著臉，全身罩上長袍，利用夜色和濃霧掩護去找張明。有一次，辛苦到了湖邊，竟然被人迎面遇見，那個人嚇得落荒而逃，不久之後，就傳說湖邊有女巫出沒。」

「原來會咬掉人耳朵的女巫就是奶奶啊！」兩個孩子拍手大笑。

「那個晚上，我看到的黑影就是奶奶嗎？」宛晶想起藏刀叉的那個夜晚。

「對不起，嚇到妳了。那天夜裡，我想出去透透氣，沒想到竟然遇到妳。怕嚇著妳，所以趕緊躲開，沒想到還是被肚肚認出來。」奶奶有些不好意思，接著又露出頑皮的表情說：「剛開始，張明過著風聲鶴唳的逃亡生活，整個人披頭散髮，衣服又破又爛。有天晚上他出來活動筋骨時，被一個獵人看到了，後來又有人繪聲繪影地說，蘑菇到了晚上會變成蘑菇人。」

「哈哈哈……。」兄妹倆聽了，不禁笑彎了腰。不知情的人，一定會覺得奇怪，為什麼在風雨籠罩的陰暗森林裡，竟然會有如此開懷的笑聲？那是因為，棲雲山流傳數十年的古怪傳說，就在這個潮濕的樹洞裡被逐一解開啊！

「時間過了那麼久，為什麼老爺爺還要躲著呢？有人要抓他嗎？」恆竟不解地問。

奶奶的笑容頓時隱沒，搖搖頭說：「其實，他已經躲了快五十年，早已過了法律追訴期，沒有人會抓他了。不過，他卻不肯回到村子裡。」

「為什麼？」兩個孩子異口同聲地問。

「他覺得自己害了君偉。當初如果他堅決反對這個計畫，或許悲劇就不會發生。他說，當他知道我和君偉要結婚時，很絕望，失去了求生意志，才會失去理智答應他。唉……」老奶奶又嘆氣了：「他說要用自己的餘生來懺悔。」

宛晶想，眼前白髮蒼蒼的老奶奶，也曾經歷過轟轟烈烈的愛情呢！真是難以想像。「我曾在半夜聽到有人唱歌，爸媽都說我聽錯了。可是那曲調，跟老爺爺教我唱的歌還真像……。」

老奶奶點點頭說：「是他來看我，卻又沒勇氣見我，在窗外徘徊時哼的歌。」她把臉轉向宛晶說：「妳還記得『兩個好朋友』的故事吧？」宛晶點點頭。她看到奶奶眼裡又閃爍著淚光。

幾片落葉被風掃進樹洞裡。葉片飄落在老奶奶臉上，宛晶伸手幫奶奶拂去。

「謝謝。」老奶奶又說：「那是個『嫉妒』和『成全』的故事。後來我常想，君偉為什麼要在結婚前夕去做這麼一件驚天動地的大事。」老奶奶神情淒然地說：「或許，他可以感覺我和張明的感情，想要成全我們，因此選了這樣的方式離開。但是……，」她吸了吸鼻子，啞著嗓子說：「他忽略了我們對他的感情。命運可以照自己的意志改變嗎？雖然他一心想犧牲自己，成全我們，然而命運如此，我和張明還是得一輩子兩地相隔。」

老奶奶說到這兒，有些累了，於是疲倦地閉上眼睛。

宛晶的耳朵愈來愈癢，彷彿有什麼聲音在呼喚她，讓她心神不寧。她小小聲地說：「哥，我想尿尿。」

恆竟把身體挪開，讓出洞口的位置說：「快去啊！」

宛晶半蹲半爬地從樹洞鑽出去。一探頭出來，迎面襲來的冷風就讓她打了個大噴嚏。她急著找個隱密的地方，才剛蹲下，就聽到肚肚「ㄨㄤˋㄨㄤˋㄨㄤˋ」叫個不停。

「安靜！」宛晶回頭斥責肚肚，「很丟臉耶！會害我被發現啦！」

但是肚肚卻不聽話，用力狂吠，看起來很興奮。

她聽到有腳步聲逐漸靠近。起身一看，遠遠走來的人，竟然是爸爸！

16

祭壇上的夫妻樹

聽到肚肚狂吠的恆竟，也從樹洞裡鑽出來一探究竟。當他看到爸爸時，眼淚不禁奪眶而出。雖然他努力表現得像個大人，但是要在風狂雨驟的颱風天，保護老奶奶和妹妹安然無恙，對一個小男孩來說，畢竟是個沉重的負擔。

爸爸渾身濕透了，眼眶也紅紅的。顧不得風雨交加，三個人緊緊相擁。爸爸哽咽地說：「終於……終於找到你們了。謝謝老天爺！」

「爸爸好厲害！怎麼找得到我們啊？」宛晶興高采烈地問。

「一點也不厲害。我已經在樹林裡找了好幾回，拚命告訴自己不能放棄……」被雨淋得狼狽不堪的爸爸，興奮地說：「最後終於聽到了肚肚的叫聲。」

「還好是我跑出來尿尿耶！」宛晶得意地說。原來，耳朵癢是爸爸在叫她嗎？

「我看到恆竟留的紙條，一路找過來，又看見綁在樹幹上的繩子，還有你們留下的腳印。可是到了附近，卻怎麼找都找不到。」爸爸激動得掉下眼淚，雨水沿著他的頭髮和臉頰兩側滑落，但是他根本不理會。

「哥哥留了紙條？」宛晶瞪大眼睛驚訝地問，「什麼紙條？」

「我拜託唐安妮拿給爸爸的，說我們要去『蘑菇祭壇』找老爺爺。」恆竟說。

「我還以為……你……」宛晶吞吞吐吐，不敢說出「情書」兩個字，她怕被哥哥罵。

宛晶還想繼續往下說，恆竟打斷了她，急著跟爸爸說：「老奶奶受傷了。」

爸爸趕緊跟著他們鑽進樹洞裡。高大的爸爸一躲進來，樹洞突然變得很擁擠。

老奶奶看到爸爸，眼眶也濕潤了。

爸爸俯身查看老奶奶的狀況，問說：「還好嗎？杜老師。」

老奶奶點點頭說：「怎麼來的？」

「山路斷了，車子過不來，我連滾帶爬過來的。」爸爸開玩笑，比手畫腳地說。

原本想席地而坐的爸爸，發覺地上泥濘不堪，於是打開大得像巨無霸的背包，找出雨衣和睡袋鋪在地上，又拿出麵包和罐頭給他們吃。兄妹倆一拿到食物，就狼吞虎嚥地吃了起來。

老奶奶看兩兄妹餓壞了的樣子，好笑地說：「你來我就放心了，不然我擔心這兩個孩子怎麼辦！」

「哥哥留了話，說要回來找妳和張爺爺。」爸爸摸著恆竟的頭說。

「張爺爺？」宛晶嘴裡塞滿了麵包，還是壓不住滿心驚訝，連忙問說：「爸爸也認識老爺爺？」

爸爸笑著說：「當然認識！我當巡山員這麼久，不認識老爺爺，豈不是失職嗎？」爸爸伸手撥掉宛晶嘴邊的麵包屑，說：「不然妳失蹤那次，怎麼回得了家呢？」

「真的是爸爸去接我啊！」宛晶驚訝得合不攏嘴。原來她的夢境成真了耶！

爸爸說：「很久以前，意外經過那裡，看到了傳說中的『仙履鞋之夢』。後來才知道，那罕見的蘭花品種，是張爺爺刻意栽培的。」

老奶奶微笑點頭。

「不知道老爺爺現在好嗎？」宛晶擔憂地說。

「嗯……。」爸爸神色有異，看著老奶奶欲言又止。

奶奶聽出了爸爸語氣中的弦外之音，急忙追問：「怎麼了？」

「那邊發生了嚴重的土石流，把祭壇埋掉了！」爸爸低聲說。

「什麼？」老奶奶、宛晶和恆竟紛紛驚呼起來。

「不過，颱風要來之前，我特別過去勸張爺爺撤離，他當時身體不舒服，被我強迫送進醫院了。」

「爸爸早點說嘛，嚇死人了！」宛晶說。

「他怎麼了？」奶奶緊張地問。

「腦出血。」爸爸小心翼翼地說，深恐老奶奶心急。「杜老師，對不起，沒有立刻告訴您。當時情況很危急，張爺爺拜託我千萬別說，他怕萬一有任何不測，擔心您難過。還好現在狀況穩定了。一早送王太太去醫院生產時，才探望過他。」

「真的嗎？還是你故意安慰我？」老奶奶不放心地說。

「是真的。等您身體好一些，我再帶您去看他。」爸爸輕拍老奶奶的手安慰她。

「我也要去！」宛晶接著問：「王勝林的媽媽生寶寶了嗎？」

「生了一個妹妹喔！」爸爸換了個輕鬆的語氣說：「媽媽和汪老師留在醫院照顧她。」

「啊！」宛晶和恆竟聽了面面相覷。「希望一切和平！」宛晶忍不住胡思亂想。

「可是王勝林家的別墅，也被土石流沖毀了。還好裡面的人都撤離了，當初就跟他們說過，不能這麼蓋大樓的。」爸爸還是有些氣憤。

「宛晶失蹤那次，爸爸怎麼找到她的？」恆竟鍥而不捨地追問。哥哥長大之後應該是很好的偵探吧！宛晶想。

「是爺爺通知我的。我看到祭壇那頭升起亮橘色的旗子。」

「旗子？」宛晶頭上冒出問號，她不記得老爺爺家附近有任何旗子。

「嗯，每隔一段時間，我就會去探望張爺爺。不過爺爺年紀大了，怕他臨時有狀況，於是跟他約好，萬一有緊急的事情，把旗子升起來，從工作站旁邊的瞭望台用望遠鏡就可以看到。」爸爸捏捏宛晶的臉頰說：「沒想到那根竿子立了這麼久，第一次用啊，就是去帶一個冒險小英豪回家。」

「所以……所以……」宛晶把前後的事情連貫起來，頓時恍然大悟。原來爸爸才是保守祕密的高手。

「所以……，妳的信和粽子都是我送的。」爸爸笑著說。

那天，爸爸代替媽媽去找老師，故意不提「宋強」這個假人，並不是健忘，而是在幫她解圍囉！爸爸從頭到尾都知道她心中藏個祕密哩，讓她想起來不禁面紅耳赤。

「唉！」奶奶接著說：「對你們媽媽很不好意思。我年紀大了，行動不方便，只能拜託你們的爸爸幫忙，耽誤他很多時間，也讓媽媽擔心了。」

「媽媽抱怨說，生小孩時爸爸都不在，也是去看老爺爺嗎？」恆竟追問。

「是啊。我都是繞另外一條山路過去，雖然遠很多，不過比橫越那座湖安全。傷腦筋的是，只要雨太大，山路就很難走，再加上濃霧不散，一趟路下來，摔車摔個好幾次是常有的事情。」爸爸搔著頭

說。

難怪爸爸經常在洗摩托車，原來是從老爺爺那兒回來啊！宛晶又揭開一個謎題。

「為什麼不告訴媽媽呢？害她疑神疑鬼。」宛晶為爸爸打抱不平。

「妳不是答應老爺爺要保守祕密，於是就連爸爸也不肯說嗎？」爸爸苦笑說：「而且媽媽容易擔心，又有那些串門子的太太們，還是少說為妙。」

恆竟拿出老奶奶的信，說：「這是奶奶要交給爸爸的。之前一時心急，所以拆開看了。對不起喔，奶奶。」

爸爸把信接過來，打開一看，臉上露出微笑。

看到兄妹倆一臉疑惑，爸爸開始解謎：「『烈焰參天』的意思是，那場爆炸燒出了熊熊大火，引發了森林火災；『化夕如畫』是說當時的大火，讓黑夜就像白天那麼光亮；『天湖彼端』是說奶奶要去湖的那一頭，『仙履之夢』就是種了很多仙履鞋之夢的地方。嗯，當我一看到這封信，就知道奶奶找張爺爺去了。杜老師，這樣解釋對嗎？」

宛晶覺得好好笑，爸爸在老奶奶面前像個恭敬的好學生。

恆竟不解地問：「奶奶為什麼不直接說，要去找老爺爺呢？」

「雖然事情都過去那麼久了，不過張明被追捕時，那種風聲鶴唳的緊張，想起來還是讓人餘悸猶存。我一個不小心，都會害他送命，因此我習慣小心謹慎，才會跟你爸爸打啞謎。還好他很聰明，總是能解開我的謎題！呵呵……」老奶奶笑著說。

不知是心理作用，還是實際上發揮功能，宛晶覺得，爸爸進入樹洞後，就像個暖爐，整個洞裡都溫暖起來，外頭的風雨似乎也減弱了。

宛晶很尊敬爸爸。爸爸跟媽媽吵架時曾經說過，他在大都市裡，只是個大機器裡的小螺絲釘，感覺不到自己被需要。但是回到故鄉以後，腳踏實地認真生活著，幫助別人的同時也被別人幫助，他感覺到自己的重要性，因此希望能待在這裡。當時宛晶聽不懂，現在似乎有些明白了。

她在爸爸懷裡睡著了，耳邊還聽著爸爸跟老奶奶聊天的聲音，「是血壓太高了……」進入夢鄉前，她聽到這麼一句話。他們應該是在聊老爺爺吧？

夢中，她爬上爸爸工作站的瞭望台，看到了老爺爺的家。颱風過後，門前的兩棵夫妻樹，相依相偎，頭靠得更緊了。好多「仙履鞋之夢」長在夫妻樹上，鮮豔地綻放著，不僅有黃色，還有紅色綠色和紫色。仔細聆聽，這些花兒在唱歌呢。

唱些什麼呢，宛晶記不得了。她只記住，花朵們快樂的模樣。老爺爺說得沒錯，花草樹木都是很活潑的。她一定要把這幅景象畫下來，連悅耳的歌聲也不放過。

她開心地笑了，笑聲如銀鈴般飄出夢境外。

聽到她的笑聲，恆竟轉頭看她，無奈地說：「又來了！這個老是連作夢都在笑的『洗碗精』！」

17

尾聲

颱風終於過去了。雖然土石流沖毀很多房子，包括王勝林家的別墅區，幸好大家都撤離了，傷亡人數是零。

「吹牛王」王勝林說，他並不難過，因為他爸爸很有錢，而且妹妹出生了，他們會找個安全的地方蓋更大的房子。

老奶奶的手骨折了，不過傷勢並不嚴重，打上石膏，休息一陣子就好了。雖然老爺爺生病了，卻因此逃過土石流，算是不幸中的大幸。老爺爺和老奶奶重逢的那一刻，爸爸說要讓他們獨處，害宛晶覺得很遺憾，錯過了感人的情景。

「蘑菇祭壇」被土石流摧毀了，因此老爺爺病癒後，會回到以前的舊居，離「小紅」——第五株山櫻花不遠。宛晶和村裡的小孩，曾經在那棟結滿蜘蛛網的破房子裡玩過「鬼屋探險」的遊戲，沒想到那是爺爺的老家哩！

爸爸正在整理和重新粉刷那間屋子，希望爺爺出院後，會有個煥然一新的新家迎接他。

最高興的一定是老奶奶了。她再也不必在林子裡徘徊，想著要怎麼去看老爺爺了！但是森林裡咬人耳朵的女巫和蘑菇人傳說，恐怕也要絕跡了。不過別擔心，原本列為失蹤人口的老爺爺活著現身，肯定能成為棲雲村的新話題。

「他們怎麼不結婚呢？」宛晶問哥哥。哥哥說，那是大人的事情，小孩不要管。

「可能是老奶奶會害羞吧！還是老爺爺喜歡一個人住？」宛晶老愛猜個不停。

還有一件令大家跌破眼鏡的事情。經過王媽媽生小孩事件，媽媽和汪老師，也就是唐安妮的媽媽，竟然變成了好朋友。她們會相約一起去探望王媽媽（王勝林家的別墅垮了，他們暫時搬到山下去住），汪老師偶而也會來家裡洗頭，跟媽媽聊天說心事。

這真是太神奇了！宛晶想。爸爸，不對，應該說是全家人，以後可以有太平日子過了。老爺爺說得對，只要心存善念，誠心祈禱，事情就會慢慢變好，夢想也會實現。

說到夢想，宛晶把樹洞裡的美夢畫下來，結果得獎了。不僅代表學校，還代表台灣出國比賽，去參加「奧斯陸兒童美展」。

奧斯陸在哪裡啊？宛晶去查了地圖。是在遙遠的北歐，冬天跟台灣差了七個小時，夏令時間跟台灣差六個小時。

評審說，宛晶的圖畫，「展現了驚人的想像力」。

「什麼叫做『驚人的想像力』呢？」宛晶問哥哥。

「大概是說，妳隨便亂畫到沒人敢想像的地步吧！很多人都會胡思亂想，只有妳敢畫出來。評審讚美妳勇氣可嘉，所以須獎給妳！」哥哥說。

宛晶微笑了。哥哥一點也不懂，只會胡說八道，但是她可一點也沒被打擊到。

其實，那幅畫藏有祕密的。她試著把「仙履鞋之夢」的美妙歌聲畫進圖畫裡，或許評審們聽到了呢！

九歌少兒書房 214

精靈的耳語

著者　鄭淑麗
繪者　李月玲
責任編輯　鍾欣純
發行人　蔡文甫
出版發行　九歌出版社有限公司
台北市105八德路3段12巷57弄40號
電話／02-25776564
傳真／02-25789205
郵政劃撥／0112295-1
九歌文學網　www.chiuko.com.tw
印刷　晨捷印製股份有限公司
法律顧問　龍躍天律師‧蕭雄淋律師‧董安丹律師
初版　2012（民國101）年7月
定價　260元

書號　0170209
ISBN　978-957-444-833-3
（缺頁、破損或裝訂錯誤，請寄回本公司更換）

本書獲 財團法人｜國家文化藝術｜基金會 National Culture and Arts Foundation 贊助創作

國家圖書館出版品預行編目資料

精靈的耳語 / 鄭淑麗著; 李月玲圖 . -- 初版. -- 臺北市 : 九歌, 民101.07
面；　公分. -- (九歌少兒書房 ; 214)
ISBN 978-957-444-957-833-3(平裝)

859.6　　101008796